大湘西土司

李康学 著

光明日报出版社

图书在版编目（CIP）数据

大湘西土司 / 李康学著 . -- 北京：光明日报出版社，2018.9（2022.9 重印）

ISBN 978 - 7 - 5194 - 4626 - 0

Ⅰ.①大… Ⅱ.①李… Ⅲ.①章回小说—中国—当代 Ⅳ.①I247.4

中国版本图书馆 CIP 数据核字（2018）第 212513 号

大湘西土司

DAXIANGXI TUSI

著　　者：李康学

责任编辑：庄　宁　　　　　　责任校对：赵鸣鸣

封面设计：中联学林　　　　　责任印制：曹　诤

出版发行：光明日报出版社

地　　址：北京市西城区永安路 106 号，100050

电　　话：010 - 63131930（邮购）

传　　真：010 - 67078227，67078255

网　　址：http：// book. gmw. cn

E - mail：gmrbcbs@ gmw. cn

法律顾问：北京市兰台律师事务所龚柳方律师

印　　刷：三河市华东印刷有限公司

装　　订：三河市华东印刷有限公司

本书如有破损、缺页、装订错误，请与本社联系调换，电话：010 - 67019571

开　　本：170mm×240mm

字　　数：165 千字　　　　　印　张：16

版　　次：2018 年 9 月第 1 版　　印　次：2022 年 9 月第 2 次印刷

书　　号：ISBN 978 - 7 - 5194 - 4626 - 0

定　　价：68.00 元

目　录
CONTENTS

1

第一章　吴著冲传令招驸马
　　　　　彭仕愁宫中赢芳心

　　话说唐末至五代后梁年间，溪州一带（今湘西永顺等地）有个势力很强的首领，土家人称"禾撮冲"，即"围猎王"之意。汉语记音为吴著冲，诨名又称"老蛮头"，在方圆数百里之内，算得上一个很厉害的土酋王。

　　有一年八月的一天，住在太平山下一座宫殿里的吴著冲，吃早饭时忽然兴致勃勃地问女儿吴布莉道："莉儿，你今年十八了吧？为父准备给你招一个驸马，你意下如何？"

　　吴布莉含羞一笑道："父王之命，敢不遵守！但这驸马要让我选，不满意者不要。"

　　"当然要让你选。"吴著冲道："选上了你就要，没选上我就咔嚓！"说着做了个杀头的手势。

　　吴布莉只当父王是开玩笑，也没在意。谁知这吴著冲当下传令，让四方八寨的俊男后生来宫中竞选驸马，不数日，有一二十多个后生先后被推选到了宫中，吴小姐却一个也没看上，老蛮头一生气真将这些后生一个个都推下了山后的天坑。此事传开后，各寨接令去参选驸马的人都吓得魂不附体，唯恐做了那刀下鬼。

　　一日傍晚，雅溪寨上彭姓一家人也着了慌，因为寨王下令派这一家人的独生儿子也去竞选驸马，全家人急得抱头痛哭。正在这时，一个唱戏的班头带一帮人过路来到彭家门前，问："老伯，你们这家人为何如此痛哭呀？"

　　"客官，你有所不知，我儿子明日要去参选驸马，明知此去是凶多吉少，我家老两口就这么一个儿子，可又不得不去，为此正在痛哭。"

　　"老伯莫急，明日我代你儿子前去如何？"

　　"使不得，使不得。搞不好要砍头的呀！"彭家老汉连连摆手道。

　　"老伯，我是真想去参选驸马，而你儿子又正好保性命，这不是两全其美？"

　　老伯看这年青后生不像开玩笑，于是说："倘若如此，你就是我一家人的救命恩人。儿子，快来与恩人叩头，老婆子快去弄饭打酒。"

　　老伯忙把班头和他的一斑戏子让进屋，又问："还不知恩人尊姓大名，家住何方，因何事来到此地呀？"

　　"我是江西人氏，名彭仕愁，此次带了戏班子正要去吴王宫城演戏，正巧碰上招驸马，所以也想去碰碰运气。"彭仕愁答到。

　　"客官生得相貌堂堂，若有心去竞选驸马，必定会被公主看

2

中。那吴王父女本来就爱看戏。"老伯陪班头说着话，不一会儿饭菜就好了。彭仕愁和他的戏子洒醉饭饱后当晚就在老伯家住下不提。

却说第二天一早，彭仕愁带着一班人翻山越岭走了十多里路，迎面就到了一条河旁。这条河名施河，又名灵溪。其水清悠碧绿，沿河两岸生长着一排排抱大的柳树，夏日太阳高照，一片浓浓的树荫遮了大半水面。水中鱼儿游来游去，天上老鹰不时在河岸一侧的悬崖陡壁间飞翔盘旋。河岸的另一面即太平山，吴王的宫城就建在太平山的山腰边。宫城的东西南北，有几十座大大小小的山岭环绕围抱。

"此地好风水哟！"彭仕愁禁不住感叹道。

"总爷，你若占住此地，将来必能福荫子孙哩！"装扮成戏子随行的护卫田富强说。

"嗯，老天保佑，但愿此行我们能打败吴王。"

原来，这装扮成戏班主的彭仕愁乃江西吉水人彭城的儿子。彭城祖上世代为一方郡主，唐朝末年，由于各地爆发起义，天下大乱，彭城率部转战到了湘西溪州一带，欲在溪州立位脚跟，将世居的溪州土著老蛮头打败赶走，从而取而代之。但老蛮头势力强大，彭城不敢轻易开战。经过一番谋划之后，他决定派儿子用唱戏方式接近吴著冲，以便伺机除掉这位老蛮头。彭仕愁领命之后，即从王村出发经龙潭到了灵溪。正巧碰上彭家人在痛哭。问明原因后，彭仕愁灵机一动，遂决定替代彭家儿子去竞选驸马。

却说彭仕愁领着十多个戏子到了吴王住的城堡外，只见吴王宫殿的门卫把守森严，一般外人不准进入。彭仕愁将戏班的人安排到一家店铺住下，自己就只身长一人来到吴王宫前对门卫说："兄弟，我是来参选驸马的，请带我进去吧！"

那门卫执着宝剑道："你是那个寨的？有执牌吗？"

"有！"彭仕愁遂将雅溪寨长写的一张黄牌递过去，这张黄牌本来是雅溪寨通知彭家儿子彭宝飞来参选驸马的执条，门卫没看出什么破绽，即领彭士愁到了宫殿中，将他交给了宫中总管向老官人。向总管见这后生长相魁梧，随即问道："你这后生不像是雅溪寨的？你到底是哪儿人？"

"启禀向大人，我本是江西人，昨日带着戏班到雅溪寨，遇见彭家人要儿参选驸马，那儿子死活不肯，彭家愁得没法，我便主动要了执牌，想替他来竞选驸马。"

"嗬，你好大的胆，竟敢顶替他人来选驸马！我问你有几个脑袋？"

"不敢，不敢！"彭仕愁说："我只有一个脑袋，割掉了不会长呀，求你莫怪。我是诚心诚意来参选驸马的，倘若你肯帮我举荐给吴王，让公主选上了驸马，我会重重报答你的！"说着，又从怀里取出十两银子递过去道："这是见面礼，还请多加美言。"

向老官人见这后生不错，心想万一公主看上了他，能即得银子又做人情岂不是更好？"好，这事我帮你通报，只要吴王高兴了，他会让你去见公主的。至于公主能不能看中你，那就看你的造化了。"

"行，行，只要能见公主一面，我也不枉此行了。"

向老官人遂到宫中找到吴王作了禀报。吴王听说有江西人来参选驸马，而且还是个戏班班主，随即有些好奇，便点头道："让公主去选吧，她若选中就可留下做驸马，若没选中就让他到宫中唱几天戏吧。"

"遵旨！"

向老官人退下，当即便带着彭仕愁到后宫去见公主。

连日来，吴布莉公主虽过目了许多后生，却没有一个令她心动。正在想心思，向老官人前来禀报："公主，今日我给你带来一个外地的后生，请你见一见吧！"

"外地的？"公主也感到意外，"就让他进来吧。"公主下令。

"是。"向老官人立即将彭士愁带上宫来。

彭仕愁整整衣冠，就迈进一间漂亮的庭堂中，只见一个穿金戴银，浑身透着珠光宝气的姑娘端坐在一张靠椅上，两边各侍立着一妙龄少女。心想这就是公主了，忙走上前去行礼道："公主万福！"

吴布莉抬眼一瞧，顿觉眼前一亮。这后生微笑着面对自己，像是在哪里见过。却又见他生得身材高大英俊，尤其是那天庭生得十分饱满，显出一副官相。且举止也不俗，即彬彬有礼又不亢不卑。心里一动，问道："听说你是外地人，到底是何方人氏，叫什么名字？"

"禀公主，我是江西人，名叫彭仕愁。"

"你因何到达这里？"

"我是个唱戏的班主，自江西来溪州已有多日，近日闻说吴王招驸马，小生不揣冒昧特地前来竞选。"

"你想做驸马，请问你有何德何能？"

"禀公主，小生此生以锄强扶弱和为万民做善事而谓之为德，而平生学得几项技艺，会唱戏、弄拳，武艺上有些手段，可谓全能。"

"你有这等本事，请唱几句如何？"

彭仕愁遂展开歌喉唱道："大风起兮云飞扬，威加海内兮归故乡，安得猛士兮守四方……"

"嘿，你的嗓音不错嘛！"公主说："你说会武艺再来一套拳术怎么样？"

"那我就献丑了。"

彭仕愁遂弯身弓步，腾挪跳跃，就地打了一个回合，那动作果然勇猛迅疾，身手不凡。

拳术打毕，吴公主又道："我还有几个问题，不知你能解答否？"

"公主请讲！"彭仕愁答道。

吴公主便问道："什么山上没有石头？什么水里没有鱼儿？什么门没有门闩？什么车没有轮子？什么牛不生犊儿？什么马不产驹儿。"

彭仕愁知道这是孔夫子给小孩项托出的题目，便故作认真地想了想道："土山上没有石头，水井里没有鱼儿，无门眉的门没有门闩，用人抬的轿子没有轮，泥牛不生犊儿，木马不产驹儿。"

吴公主又问："什么刀没有环？什么火没有烟？什么男人没

6

有妻子？什么女人没有丈夫？什么东西有雄没有雌？什么树没有树枝？什么城里没有官员？"

彭仕愁又答道："砍刀没有环，萤火虫的火没有烟，神仙没有妻子，仙女没有丈夫，孤雄有雄没有雌，枯死的树没有树枝，空城里没有官员。"

吴公主再问道："《凤求凰》是谁写的？"那歌词你可记得？

彭仕愁道："《凤求凰》是汉朝时司马相如弹给卓文君的一首恋曲，其词曰：'凤兮凤兮求其凰，安得接翼兮从其翔。巢王王兮鸣朝阳。凤兮！凤兮！怀予心兮何能忘！凤兮凤兮求其凰！翱翔四海归故乡。白雉尚有两雌挟，人生岂得长孤霜'。这首恋曲弹完，卓文君与司马相如即私奔了，以此给后人留下了千古佳话。"

吴公主见这后生知古通今，不禁欣喜异常。当即结束提问，羞答答地回内屋去了。

这边向老官人连忙禀报吴王。老蛮头听说女儿看中了江西客人，连忙来到公主闺女房问个明白。公主见父王来到，只羞答答地行了礼却不说话。

吴王说："女儿可是真看中了那江西客人？"

公主还是低着头不说话。吴王心里便明白了几分，便提高了嗓门说："想必女儿还是不中意？那就照老规矩，拉到后山丢下天坑去！"

"慢——父王……"公主急得失声喊道。

"哈哈……"吴王一下大声笑起来，"看来女儿是满意了？不过为父还要考考女婿唷！"公主的脸一下变得绯红："父王——"

吴王一行来到前庭，只见小伙子果然长得不错，只是不知才学如何。吴王在心里想着。这边彭仕愁见老蛮头进来，不用说便明白了几分，忙上前行礼。吴王问："小后生，听说你是江西省人？可知我溪州的土著祖先是谁？"

彭仕愁不慌不忙地回道："启禀大王，我到溪州的时日不多，听说此地土著祖先有三个传说。一曰廪君，名务相，姓巴氏，传说是先秦时的土著先祖。二曰板楯蛮，秦昭襄王之时因白虎为害，时有巴郡阆中夷廖仲学射杀白虎，昭王以其夷人不欲加封，乃刻石盟要，互不侵犯，其夷人代是为板楯蛮。三曰八部大王，即八峒首领，土语为熬潮河舍，西梯佬，里都，苏都，那乌木，拢此也所也冲，西可佬，接也飞也那飞列也。此八部大王不为正史所载，但在民间有传。此三说不知对否？"

吴王点头哈哈大笑道："说得不错，你这后生对我先祖果有知晓，我部土著最早为廪君，后来是八部大王，再后来就各自混战，到我辈才又渐渐统一起来。哈哈！"吴王说罢，忽又转而问道："你即为外来客人，在我蛮地长居，生活习俗又怎能习惯？"

"禀大王，我带戏班入溪州数月，感觉此地水土与我江西吉水并无大异，生活起居亦能适应。"

"嗯，能适应就好，只要我女儿满意，你们的事就这样定了！"吴王又道，"今晚设宴款待，再择日完婚。"

"多谢岳父大人！"彭仕愁见吴王允婚，忙上前叩谢。又乘机说道："岳父大人，乘着今天大家高兴，可否让我的戏班进来给

8

凑个热闹?"吴王欢喜答应了。

是夜,吴王的宫殿张灯结彩,戏班子打起锣鼓吹着唢呐,一时,吴王宫殿好不热闹,彭仕愁的戏班又卖力地演出了几出吴王爱看的曲目。吴王点的一出《桃园三结义》,彭仕愁给公主点了一出《梁山伯与祝英台》。吴王宫里上下欢喜,都夸驸马好人才。不久,吴王就择好日子为他们正式办了喜事,那排场与讲究更是无法形容,宫里宫外一片喜气洋洋,一直热闹了三天三夜。

第二章　洛塔洞受困终丧命
灵溪河比赛服群蛮

彭仕愁与公主完婚之后，夫妻俩恩恩爱爱如胶似漆。特别是公主吴布莉，沉浸在新婚的甜蜜之中，对自己选的这位驸马感到满意极了，对驸马更加温柔有加。可是彭士愁渡完新婚蜜月后，就开始闷闷不乐了。因为想到刺杀做了岳父的吴王，才能完成父王交给的任务，心里不免生出几分惆怅。如果把吴王杀掉，和公主的情意就难免断绝；若不杀吴王，帮助父亲统一溪州的大业就难实现。思来想去也心里感到十分矛盾。吴公主见他沉闷不乐，便关心地问道：“夫君，你好像有什么心思吧？你给我说说，看我能不能帮你解忧。”

彭仕愁道：“我的心思你不必担忧，我只问你一句话？我和你父亲哪个最重要？”

吴布莉想了想：“父亲好，你也好，你们两个都是我生命中最重要的人。夫君今天怎么想起问这样的话？”彭仕愁苦笑了一下，没有回答。他知道公主说的是心里话。而公主只当夫君是想家了，便对彭仕愁更是百般温柔体贴。

如此又过了一段时间，夫妻俩感情进一步加深了。又一日晚上，彭仕愁又试问妻子道："你看我和你父亲到底哪个好?"

吴公主撒娇地说："怎么又问这个，我不是回答过你吗?"

"不，我要你在我和你父亲之间好好比较一下，我们俩到底哪个对你最重要!"

吴公主说："你让我怎么选好呢? 这么跟你说，没有父王就没有我，没有你就没有我今生的幸福，你和我父王都是我生命中最要的两个男人。"彭仕愁听了公主的回答，将公主拉过来紧紧地拥在怀里，轻轻地对公主说："我会给你幸福的。"

公主依在彭仕愁的怀里又呢喃地说道："不过，话又说回来，'父母好不好都是路边草，夫妻才能白头到老。'这是老人们常说的话，我愿意相信他们说的话"。彭仕愁一听，心里好不激动，一下把公主紧紧地抱在怀里亲也亲不够。

待缓过气来，公主说："夫君有什么心事，现在不妨告诉我了吧?"

"公主，这话压在我心里很久了，其实我心里也一直想早点告诉你，只是怕你听了会接受不了。所以——"彭仕愁看着公主的眼睛，像是要从公主的眼里看到答案。

公主说："俗话讲，嫁鸡随鸡，嫁狗随狗。我即已嫁你，夫妻间还有什么不能说的?"

"好! 公主你坐下，听我慢慢地说。"彭仕愁扶公主坐下，便对公主说："你即觉得丈夫好你就得服从我!"

"你有什么要求吗?"

"不错!"彭仕愁说:"我本是江西吉水郡主彭瑊的儿子,我父亲受朝廷之命,已带兵占领下溪州,这次派我来是要杀你父王的。把吴王干掉,我父亲就能统一溪州了。"

"啊,原来你是我父亲的敌人?"公主惊讶地大叫着,顺手从壁上抽出宝剑大喊道:"我要杀了你!"

"你杀吧!"彭仕愁伸了脖子道,"死在公主面前我也心甘情愿了。"

公主拿着宝剑的手在不停地颤动,心里也在不停地翻腾着。她盯着这位驸马足足僵了几分钟,望着驸马伸来的头手一松,宝剑哐的一声掉在地上。

"公主,你好好想想清楚,在我和你父亲之间,你只能选择一个。要么属于我,要么属于你父亲。可是你父亲已是日落西山了,而我们的事业则才开始。"

"难道就没有别的办法,非杀我父王不可?"公主不甘心的说。

"是的!"彭仕愁道,"统辖整个溪州是我父王制定已久的目标,他不会轻易改变。现在,下溪州之地已被我父王占领,中溪州和上溪州也会被我父占领。你父亲在中溪州盘踞已久,虽然势力不小,但杀人作恶太多,早已丧失民心,所以他迟早会被人推翻。如果你肯帮我除掉你那暴君父王,这块土地就会为我们夫妻所有。你何乐而不为呢?"

"我父亲年纪已大,他只有我这么一个女儿,等他将来过世后，这份产业不照样可以归我们夫妻所有吗?”公主说。

“不，公主，你想过没有，到那时争夺王位的人会大有人在，你们吴家的亲戚族人都会虎视眈眈岂肯干休。与其到那时让别人夺去，还不如我们趁早动手。”

公主思前想后，觉得夫君说的也不是没有道理，便不再说话。最终顺从了夫君。并和夫君一起想了谋杀吴王的办法。

不久，吴王的六十大寿快到了。吴王宫中上下一起忙碌起来。

彭仕愁到一边悄悄对公主说：“我们的机会来了，乘这次给父王过寿下手。”

公主说：“听说我父王是鲤鱼精变的，身上有鳞壳，一般火烧不伤，刀砍不入。他手下又有鲁里嘎巴和科斗毛人两个亲将护卫，功夫十分厉害，故此只能智取。”

“公主有什么好主意?”

“我想给他送双绣花鞋做寿礼，在鞋里藏些毒针，让他穿了，能刺伤脚底穴道，毒性就会发作。”

“好，这计策可行!”

两人如此商定，公主就赶快做了一双锈花鞋，里面藏了几颗毒针。到吴王六十大寿那天，夫妻俩带着礼物到了宫殿之上“爹爹，你过六十大寿，我给你做了双布鞋，你试试脚吧!”公主拿出鞋子说道。

“好，我试试。”吴王坐在木靠椅上，脱下一只旧鞋，就把锈花鞋穿了上去。那绣花鞋穿进去有点紧。吴布莉说：“新鞋都有点紧，你使劲蹬一下！"吴王脚一蹬地，鞋穿进去了，同时，他也"啊"的一声倒在子地上。

"怎么啦，怎么啦？"旁边的侍卫鲁里嘎巴连忙扶起吴王，大声问道。

"你……你这死丫头，你想害我！"吴王瞪着充血的眼珠，指着女儿骂道。

"嘿，父王，你中了我的毒针，没救啦！"公主说完，又厉声叫道，"你们大家都听着，现在由彭仕愁代理王位，大家都要听他的！"

彭仕愁拔剑在手，欲去斩杀吴王，却被科斗毛人挡住。接着鲁里嘎巴将吴王背着，与科斗毛人一起杀出一条血路，很快逃出宫去。

这时，早已埋伏在城外的彭城，乘机率部攻进宫来。吴王经营了数十年的旧司城，就这样被彭城父子里应外合占据了。

再说鲁里嘎巴背着受伤的吴王，在科斗毛人护卫下，从灵溪过河一气逃到搏射坪，然后又经猛洞坪逃往龙山，直到洛塔界望见一个大山洞才停下来。

"就在这洞里躲一下吧！这儿地势险要，易守难攻哩。"科斗毛人建议道。

吴王点头同意了，一伙人便进洞驻扎了下来。

鲁里嘎巴伸手把那鞋子连同毒针一拨，吴王一声惨叫，痛得昏了过去。

几个护卫找来草药替他包扎了脚，吴王才慢慢苏醒过来。

"大王，大王，你好些了吗?"科斗毛人问。

"痛死我了，痛死我了。"吴王哼叫道，"没想到女儿都会起心害我！这人间没有什么亲人可信任哪！"

"都是驸马爷作怪哩！"科斗毛人道。

"等我伤好，我要捉住那小子，亲手剥了他的皮！"吴王恨恨地说道。

"你好好养伤吧，伤养好了才报得仇哩！"鲁里嘎巴又说。

吴王遂不再多言，只吩咐几个护卫小心守住山洞，小心被人探出风声。

如此躲藏了半月。忽一日，洞外来了一个背着背笼的老人。鲁里嘎巴叫住他道："老人家，你来这里干什么?"

"我扯点草药。"老人回答道。

"你是草药郎中吗?"鲁里嘎巴有点惊喜，心想大王这下有救了。"那你会看病吗?"鲁里嘎巴又问。

"我祖上行医，所以我也行医。"老人答道。

"我们这里有个人脚受了伤，你能治吗?"

"那得先让我看看。"老人说。

鲁里嘎巴便将老人引进洞去，到了吴王的身边。

吴王把脚伸了出来，只见那脚已肿起老高。老人看了看道："你这脚踩到什么毒物了吧，还不是一般的毒哩，现在毒气攻心，已错过了最好治的时间了。"

"请你想想办法，救他一命吧！"鲁里嘎巴急忙说道。

"唉，我试试吧。我给你贴一剂驱毒散，这是我家祖传秘方，三天内便可见效。"老人说道,从背笼里取出一剂草药粉末用水调成糊后贴在大王脚上。

"三天后我再给你送药来。"老人上药又道,"这三天内你不要乱动,包你的脚会好起来的。"

老人说完,即告辞出洞去了。

当日夜里,吴王感到脚底像火烧一般剧痛难忍。到了半夜时,他痛得受不住,在地下一个劲地翻滚。最后,只见他全身泛黑,毒气扩展到全身,不到天亮,便一命呜呼了。

鲁里嘎巴和科斗毛人都觉得奇怪,请那老人上药后反而治死了?原来,那老人是当地土酋首领向伯林的一位医官。向伯林探听到吴王被彭士愁打败,躲到了洛塔界,他害怕吴王在上溪州扩展势力,便派医官装成草药郎中到洛塔洞找到吴王,用一剂草药送了吴王的命,又主动派人到下溪州向彭瑊联系,表示愿意归附,彭瑊听说吴王已死,便任命向伯林作了上溪州的刺史。彭士愁作了中溪州的刺,彭瑊则作了下溪州的刺史兼都誓主。

原属吴王的四十八峒部下,在吴王死后都纷纷归集到了彭仕愁的麾下。连那鲁里嘎巴和科斗毛人也来到司城作了归附。彭仕愁住进吴王宫后,每天晚上都老睡不着觉,因为后宫里总有瓦片落地的响声,以此搅得他不安宁。他请来老总管向老官人问道:"这后宫为何每天夜里有响声?"

向老官人道:"这必是吴王阴魂不散作的怪,我请梯玛来打整一下就会好的。"梯玛就是土老司,也即土家民间的道士,传说他能赶鬼驱邪。当晚,向老官人让一位老梯玛在宫中作了几场

16

道场，又要彭仕愁夫妇备了酒肉果品敬贡吴王，并敕封吴王在阴间为"吴都督"，自那以后，说也怪，宫中的夜晚果然不再闹鬼，奇怪的响声消失了。

彭仕愁当了中溪州首领，其部属因多属吴王部下，不少头领对他尚未服气。彭仕愁找向老官人问计道："向老官，吴王的部下都封任了原职，但有头领若不服气怎么办？"

向官老人道："吴王部下数鲁里嘎巴和科斗毛人最勇猛，你只要把这两人治服了，别的头领就会服气。"

"怎么才能制服这两人？"

"你可以和他二人来次比试！"

"请老官赐教！"

"你可以和他们两人比智慧，而不要比蛮力，鲁里嘎巴和科斗毛人力大无穷，你只有比智慧才能取胜。"

"有道理！"彭仕愁觉得向老官人的主意不错，便与他进一步商定了一个计策，决定举行一次特殊的比赛。

第二天，所有四十八峒首领都被邀请到灵溪河边集中了。彭仕愁对众首领说："今天我请大家来观赛，我想与鲁里嘎巴和科斗毛人比试一下功夫。谁比赢了就要服从谁。"

鲁里嘎巴说："你要比什么？"

彭仕愁道："我们比三个功夫，一比甩茅草过河，看谁扔得远；二比甩纸升空，看谁甩得高；三比拳打蚂蚁，看谁打死得多。"

鲁里嘎巴道："这还不容易，就比吧！"

向老官人当评判。他找来十根茅草，让鲁里嘎巴先甩。鲁里嘎巴接草在手，使劲往河对门一甩，只见那茅草还没甩一丈远就散落在河里漂走了。

向老官人再给彭仕愁十根茅草，彭仕愁用手指将茅草卷一下，然后用力一甩就远远飞过了河。向老官人当即宣布第一局比赛彭士愁胜出。

第二局开始，向老官人给鲁里嘎巴几张纸，鲁里嘎巴接在手上就往空中一甩，那纸片只在空中几尺高就像树叶一样飘落下来了。向老官人再给彭仕愁几张纸，彭仕愁将纸接在手里揉成一团，往空中一甩，那纸团升了几丈高才落下来。不用说，这第二局又是彭仕愁领先了。众人一片欢呼。

第三局开始，向老官人从一个土罐中取出几十只蚂蚁往一块大石块上一放，那蚂蚁立刻往四下爬走，鲁里嘎巴马上举起拳头砸去，石头一下被打破成了几块，蚂蚁却只打死了几只。众人不禁都笑起来。向老官人再在另一块石头上放几十只蚂蚁，彭仕愁只用拳头轻轻在石头上擂几下，就将蚂蚁全擂死了。

观看的首领这时一起欢呼起来。

向老官人当众宣布，第三局彭仕愁又赢了。鲁里嘎巴抱拳一拱道：“我愿服输，主爷比我聪明。”彭仕愁拍拍鲁里嘎巴的肩："好兄弟，承让，承让！"

“还有谁愿与主爷比试？”向老官人大声问众人。

众头领都表示服气，没有人愿意再和彭仕愁比试。

自此，彭仕愁小施计谋就在吴王部下建立起了威信，成了溪州一方霸主。

第三章　溪州之战定胜负
会溪坪中竖铜柱

时光如梭。转眼数年过去，统辖上中下溪州的都誓主彭瑊，忽然患重病卧床不起了。一天夜里，他将长子彭仕愁召到床头嘱咐道："我不行了。这溪州的统领大任就交给你了，你要保住边关，稳守溪州，不可轻易征伐，可与楚王结好，以保子子孙孙能世袭溪州，安居一方。"

彭仕愁点头回道："爹请放心，我会审时度势，守住溪州，让子孙有世袭领地。"

彭王交代了后事，见儿子能悉心统领，当晚即瞑目而逝了。

彭仕愁承父职，不到一月，即有溪州大乡县令彭允臻前来报告道："启禀指挥使，澧州有数百兵马入侵我山寨，抢掠寨民百余口，把寨子的牛马都牵走了。"

"澧州的兵马又来劫掠，可恶可恶！"彭仕愁蹙眉回道，"此事暂且忍一忍，小不忍则乱大谋。待敌嚣张盛炽，我自有法处置。"

彭允臻遂点头告辞。过数日，又有三亭县向家寨和田家寨先后来人禀报，辰州几个团保带了几百军人，将向家寨田家寨等地掳掠一空，要求指挥使发兵解救。

彭仕愁接到这数起禀报后，便有些坐卧不安了。他召集部下几个将领商议了一番对策，众人都建议他出兵辰州和澧州进行反击。彭仕愁本还有些犹豫，但是眼见辰澧二州的兵马得寸进尺，嚣张无度，不断袭扰溪州边界，他遂下了决心集结兵马，前往辰澧二州进行征伐。

后晋天福四年八月，彭士愁集合锦、蒋二州一万余人马，开始向辰澧二州挺进。一个月后，该部来到辰州城下，几番攻战，未能占领辰州。彭仕愁引兵再打澧州成，却因城防坚固，也没有攻下。这时，楚王马希范已接到辰澧二州的告急报告，乃派左静江指挥使刘勍和决胜指挥使廖匡齐率衡山兵五千前去增援讨伐。

刘勍与廖匡齐带兵来到澧州，双方几经恶战，彭仕愁部终吃敌不住，不得不退入溪州自保。刘勍与廖匡齐率部紧追。

是年十月，双方在溪州会溪坪再次决战，彭仕愁抵敌不住，率部再退至保山寨防守。廖匡齐挥兵跟进，将保山寨又重重包围了。

保山寨因地势险要，四面皆是悬崖绝壁，楚兵从冬月开始围攻，直到腊月仍未攻破。率领楚军的决战指挥使廖匡齐，在这次进攻保山寨的战斗中也被射死在阵前。剩下另一位统帅刘勍，向楚王立下重誓，不破山寨决不休兵。

　　此时，退守保山寨的彭仕愁也犯了愁。由于楚兵数月围困，山寨内已近弹尽粮绝。到年关时，山寨上的人已把所有的贮粮吃光，连山上的野菜葛根也挖没了。

　　如此坚守到后晋天福五年正月，刘勍指挥楚兵再次发动猛攻。破寨的那一天，山上陡起大风，刘勍命楚兵架起云梯，让士兵爬上梯去，再喷射火箭，顿时，火借风势，寨中的木房被引燃了。一时大火冲天，山寨转眼被烧成了灰烬。在火光燃起时，彭仕愁率诸蛮首领，从寨后一条不为人知的山道吊绳下了悬崖，悄悄逃到锦州一处深山里隐藏了起来。

　　刘勍攻破保山寨，却发现彭仕愁率部潜逃，随即继续挥兵追剿，欲要将溪州诸蛮彻底剿灭。

　　彭仕愁见楚军仍不退兵，乃在一天夜里召集部下首领商议说："楚兵追剿甚急，这样对抗下去不是办法。当初先父在世，曾嘱我不要轻易征伐，应守住溪州为本。为今之计，也只有出降议和一条路了。我准备前去请降，只要楚军不占我领地，我们可以臣服。"

　　"嗯，留得青山在，不愁没柴烧。"一个副将表示赞成。

　　"爹，若要请降，就让我代你去吧！"彭仕愁的次子彭师杲主动说："你去了群龙无首。还是由我代表你去和谈，你看行吗？"

　　"也好。"彭仕愁想了想说，"我儿智勇双全，你去爹也放心。到了楚营，只要楚王能应允保我溪州刺史称号，不侵犯我边界，他要什么样条件，我们都可考虑。"

　　"孩儿明白。"彭师杲点头道，"为取信于楚王，我将应允为楚军效力，这样等于以身质押，楚王必会对溪州消除疑虑。"

"我儿用心良苦，就照你的话去做吧！"彭仕愁同意。

第二天，彭师呆便带了几个随从，专程来到刘勍营寨前大叫道："刘将军，我要找刘将军。"

"你是什么人？要找刘将军?"一个站哨的军士喝问道。

"我是溪州刺史彭仕愁的儿子，名彭师呆，此来特找刘将军商量投降之事！"

"啊，你是彭仕愁的公子！代我向刘将军通报。"

那军士立刻进营作了禀报。

刘听说彭仕愁派儿子联系投降之事来了，急忙传令请进。

彭师呆遂被带进了营房。参见礼毕，刘勍喜形于色地问道："尔来果真要降楚?"

彭师呆回道："没错，我爹让我来是诚心诚意降楚的！"

"这一回你爹怎么想通了?"

"战乱不止，百姓不安。我爹为地方百姓免生灵涂炭，乃决意出降。他要楚军不再进犯。"

"好，只要肯出降，我楚王必定会休兵罢战。"

"我爹还要求保留他溪州刺史的职位，不知楚军能应允否?"

"这要请示我们楚王！"刘勍回道，"楚王若能答应，此职方能保留。"

"那就请你们尽快请示吧，只要答成这个条件，我爹马上会纳印出降。"

刘勍遂派使者乘船速下长沙，数日后得楚王回令，准予彭仕愁投降并保留溪州刺史一职。

彭仕愁得此许诺，乃率诸酋首领，带着溪州印到楚军营地，向刘勍当面投了降。刘勍纳印在手，不禁哈哈笑道："彭刺史，咱们是不打不相识。现在你即归顺了楚军，咱们今后就是朋友了，你说是不是？"

"当然。鄙人乃一土酋，还望将军在楚王面前多加美言，以后我只守土溪州，决不向外邻扩张。"彭士愁回道。

"你说话算数吧？"刘勍又道，"五个月前，你领兵上万，率诸蛮犯辰州澧州，楚王派我和廖匡齐苦战数月，廖匡齐被你们打死了，幸我部将士所向披靡，攻下你们保山寨，才有你今日服降之结果。我也期望这战争不再打下去，你即服降了，今后就不得再反叛，若有不轨，楚王不会再轻饶你们的。"

"尽请放心，我土酋人率直，说出的话，决不反悔。我们愿意真心真意和楚王交好，只要楚军不扰我边界，从今以后愿结盟为兄弟。如若不信，可以立碑起誓。"

"好！"刘勍大叫道"咱们说好结盟起誓立碑为证，永不反悔。"

"如此，那就要写一篇碑文，我们可共同商议草拟。"

"这有何难，就让我部文士捉笔去写吧。"刘勍想了想又道："此事我还要禀报楚王，最好咱们要立铜柱碑，这样可千秋万代永远保存。"

"行，你回去去禀报，我随时等候楚王亲来结盟。"

"一言为定！"

　　"一言为定!"

　　两人如此商定妥当,刘勍乃引兵返长沙,当面向楚王马希范作了禀报。马希范闻报大喜,遂要天策府学士掌书记李弘皋起草了一篇铜柱铭文,同时封彭士愁为溪州刺史,刘勍为锦州刺史。又同意调拨青铜千斤,指示工匠在长沙铸造成一根高一丈二尺的铜柱,把那篇二千多字的碑文刻上。铜柱铸好后,马希范率楚军乘船把铜柱运至溪州会溪坪,双方在酉水河畔会面了。当日晚上,彭仕愁举办了一次盛宴,隆重款待了楚王马希范、大将刘勍及其数名随行人员。

　　第二天上午,安放结盟铜柱碑的仪式正式举行,双方将士及溪州各寨百姓约一万余人观看了竖碑仪式。楚王马希范和溪州刺史彭仕愁,各穿官服在坪前的土塔边肃立,司仪官点燃香烛,双方在祭神祷告之后,两人举锄开挖了第一锄土。接着,众军士才动锄深挖。埋柱土基脚共掘了六尺深。然后,由几十个士兵一齐动手,将那高高的桐柱埋进坑中,下面再夯实土层。这个重达五千斤,高一丈二尺的庞大铜柱就这样立了起来。众人围上细看,只见铜铸上的铭文刻写如下:

　　天策上将军江南诸道都统楚王希范。

　　天策府学士江南诸道都统掌书记通议大夫检校尚书左仆射兼御史大夫上柱国赐紫金鱼袋李弘皋撰。

　　粤以天福五年,岁在庚子,夏五月,楚王召天策府学士李弘皋,谓曰:"我烈祖照灵王,汉建武十八年,平征侧于龙编,树铜柱于象浦,其铭曰:'金人汗出,铁马蹄坚,子孙相连,九九百年。'是知吾祖宗之庆，胤绪绵远，则九九百年之运，昌于南夏者乎？今五溪初宁，郡帅内附，古者天子铭德，诸侯计功，大夫称伐，必有刊勒，垂诸简编，将立标题，式昭恩信。敢继前烈，为吾纪焉。"弘皋承教濡毫，载叙厥事：

盖闻牂牁接境，盘瓠遗风，因六子以分居，入五溪而聚族。上古以之要服，中古渐尔羁縻，洎诶帅号精天（夫），相名泆氏。汉则宋均置吏，稍静溪山，唐则杨思兴师，遂开辰、锦。迩来豪右，时恣陆梁，去就在心，否臧而已。溪州彭仕愁，世传郡印，家总州兵，布惠立威，识恩知勤，故能历三四代，长千万夫。非德教之所加，岂简书而可畏，亦吾辜于大国，亦不虐于小民，多自生知，因而善处。无何忽乘间隙，俄至动摇。我王每示含弘，常加姑息。渐为边患，深入郊圻；剽掠耕桑，侵暴辰、澧；疆吏告逼，郡人失宁。非萌作孽之心，偶昧戢兵之法；焉知纵火，果至自焚。

时晋天子肇造丕基，倚注雄德，以文皇帝之徽号，继武穆王之令谟，册命我王开天策府。天人降止，备物在庭。方振声明，又当昭泰。眷言僻陋，可俟绥怀。而边鄙上言，各请效命。王乃以静江军指挥使刘，率诸部将，付以偏师。钲鼓之声，震动溪谷。彼乃弃州保险，结寨凭高，唯有鸟飞，谓无人到。而刘勍虔遵庙算，密运神机，跨壑披崖，临危下瞰。梯冲即合，水泉无汲引之门；樵采莫通，粮糗乏转输之路，固甘衿甲，岂暇投戈？彭师杲为父输诚，束身纳款。我王愍其通变，受降招携。崇侯感德以归周，孟获畏威而事蜀。

25

王曰："古者叛而伐之，服而柔之，不夺其财，不贪其土。前王典故，后代著龟。吾伐叛怀柔，敢无师古？夺财贪地，实所不为。"乃依前奏，授彭士愁溪州刺史，就加检校太保。诸子将吏，咸复职员；锡赍有差，俾安其土。仍颁廪粟，大赈贫民。乃迁州城，下于平岸。溪之将佐，衔恩向化，请立柱以誓焉。

於戏！王者之师，贵谋践战，兵不染锷，士无告劳。肃清五溪，震詟百越，底平疆理，保乂邦家。尔宜无扰耕桑，无焚庐舍，无害樵牧，无阻川涂，勿矜激濑飞湍，勿恃悬崖绝壁。荷君亲之厚施，我不征求；感天地之至仁，尔怀宁抚。苟违诚誓，是昧神祇；垂于子孙，庇尔族类。铁碑可立，敢忘贤哲之踪？铜柱堪铭，愿奉祖宗之德。弘皋仰遵王命，谨作颂焉。其词曰：

昭灵铸柱垂英烈，手执干戈征百越，

我王铸柱庇黔黎，指画风雷开五溪。

五溪之险不足恃，我旅争登若平地。

五溪之众不足凭，我师轻蹋如春冰。

溪人畏威仍感惠，纳质归明求立誓，

誓山川兮告鬼神，保子孙兮千万春。

推诚奉节弘义功臣、天策府都尉、武安军节度副使、判内外诸司事、永州团练使、光禄大夫、检校太傅、使持节永州诸军事、行永州刺史、兼御史大夫、上柱国、扶风县开国侯食邑一千户马希广奉教监临铸造。

天福五年正月十九日，溪州刺史彭士愁与五姓归明，众具件状，饮血求誓。楚王略其词，镌于柱之一隅：

26

右据状，溪州静边都，自古以来，代无违背，天福四年九月，蒙王庭发军收讨不顺之人，当都愿将本营诸团百姓军人及父祖本分田场土产，归明王化。当州大乡、三亭两县，苦无税课，归顺之后，请祗旧额供输。不许管界团保军人百姓，乱入诸州四界，劫掠炫盗，逃走户人。凡是王庭差钢，收买溪货，并都暮采伐土产，不许辄有庇占。其五姓主首，州县职掌有罪，本都申上科惩。如别无罪名，请不降官军攻讨。若有违誓约，甘请准前差发大军诛伐。一心归顺王化，永事明庭。上对三十三天明神，下将宣祗为证者。

王曰："尔能恭顺，我无科徭；本州赋租，自为供赡；本都兵士，亦不抽差。永无金革之虞，克保耕桑之业。皇天后土，山川鬼神，吾之推诚，可以玄鉴。"

静边都指挥使、金紫光禄大夫、检校太保、使持节溪州诸军事、守溪州刺史御史大夫、上柱国、陇西县开国男食邑三百户彭仕愁

武安军节度左押御、开江都指挥使、遏营金紫光禄大夫、检校司徒、前溪州诸军事、守溪州刺史兼御史大夫、上柱国彭允滔

武安军节度左押御、充静寇都指挥使、金紫光禄大夫、检校司徒、前溪州诸军事守溪州刺史兼御史大夫、上柱国田弘右

武安军节度左押御、金紫光禄大夫、检校司徒、前溪州诸军事、守溪州刺史大夫、上柱国彭师佐

武安军节度左押御、金紫光禄大夫、检校司徒、前溪州诸军事、守溪州刺史大夫、上柱国田幸晖

武安军节度左押御、充砂井镇遏使、银青光禄大夫、检校尚书、左仆射兼御史大夫、上柱国彭师梃

武安军节度左押御、前砂井镇遏使、三井都管使、银青光禄大夫、检校尚书、左仆射兼御史大夫、上柱国龚朗芝

武安军节度左押御、充溪州副使、银青光禄大夫、检校尚书、右仆射、守溪州三亭县令兼御史大夫、上柱国彭师俗

武安军节度左押御、充金涧里指挥使、银青光禄大夫、检校尚书、左仆射兼御史大夫、上柱国覃彦胜

武安军节度左押御、银青光禄大夫、检校尚书、左仆射兼御史大夫、上柱国田弘斌

武安军节度左押御、左义胜第三都部将、银青光禄大夫、检校刑部沿书、前守富州别驾兼御史大夫、上柱国彭师果

武安军节度讨击副使、左归义第三都部将、银青光禄大夫、检校左散骑常侍兼御史大夫、上柱国彭师晃

武安军节度御前兵马使、前溪州左厢都御、银青光禄大夫、检校太子宾客兼御史大夫、上柱国向宗彦

武安军节度同十将、前溪州左厢都虞侯、银青光禄大夫、检校太子宾客兼监察御史、上柱国龚贵

前溪州大乡县令、将士朗、试大理评事兼监察御史、赐绯鱼袋彭允臻

武安军同节度副使、摄溪州司马、银青光禄大夫、检校左散骑常侍兼御史大夫、上柱国覃彦仙

武安军同节度副使、前摄大乡县令、银青光禄大夫、检校左

散骑常待兼御史大夫、上柱国覃彦富

武安军节度摄押御、充静寇都副兵马使、银青光禄大夫、检校左散骑常待兼御史大夫、上柱国田思道

武安军节度副将、充溪州知后官、银青光禄大夫、检校国子祭酒兼御史大夫、上柱国朱彦蜗

大晋天福五年，岁庚子，七月甲子朔十八日辛巳铸。八月甲午朔九月壬寅镌。十二月壬辰朔二十日辛亥立。

这庞大的铜柱立就之后，欢庆的鞭炮和锣鼓就惊天动地的轰响起来，围观的众人也一起发出了海啸般的欢呼声。这欢快的呼声标志着长期的溪州战乱从此获得了相对的止息，而整个湘西诸酋的历史，也从这一天起进入了新的一页。

第四章　效忠旧主不惧死
明溪歃血再盟誓

　　再说溪州立盟树铜柱后数日，楚王马希范便领兵去了长沙。彭仕愁的次子彭师杲，为了先前的承诺，也随楚王远去了。楚王开始将其留在天策府内供职，因其为人旷直，幕府同僚中都不喜欢他。唯有马希范的同母庶弟马希广对他很垂怜，让他在府内担任了强弩指挥使兼领辰州刺史之职，彭师杲由此十分感激，常思欲为马希广报效知遇之恩。而马希广性情谨顺柔和，其兄马希范又十分厚爱，任命他为武安节度副使兼天策府都尉，把军政大权都统交给他掌管。后晋天府十二年，马希范病逝，众将商议承袭王位之事。都指挥所张少敌提出，武平节度使知永州事马希萼，在马希范的诸弟中为最长，应立他为王。长直都指挥使刘彦滔、天策府学士李弘杲、邓懿文、小门使扬涤等将领则提议要立马希广。张少敌说："永州齿长而性刚，必不为都尉之下明矣。必立都尉，当思长策以制永州，使帖然不动则可，不然，社稷危矣。"

刘彦瑫等不听。天策府学士拓跋恒也说："三十五郎虽判军府之政，然三十郎居长，请遣使以礼让之。不然，必起争端。"刘彦瑫回道："今日军政在手，天与不取，使它人得之，异日吾辈自容乎！"

马希广性格懦弱，是否能应袭他自己也无主见。刘彦瑫等乃以马希范遗命为名，正式扶持马希广承袭了王位。

由于废长立少，此事果然埋下了祸端。在永州的三十郎马希萼不肯服气。楚王希广的另一庶弟天策府左司马马希崇，暗中又与马希萼勾结，约为内应，预备了谋反夺位。经过一段时间准备，马希萼调朗州丁壮为乡兵，打造了七百艘战舰，造号静江军，欲进攻长沙。马希广闻知消息，对一班谋士道："朗州，吾兄也，不可争，当以国让之而已。"刘彦瑫，李弘皋等固执相争，以为不可。马希广乃派岳州刺史王斌为都部署战棹指挥使，以刘彦瑫为监军，于乾佑二年八月，大破马希萼军于仆射州。获其战舰三百艘。王斌欲乘胜进击，却被马希广"勿伤吾兄"为由而遣使阻止。

乾佑三年七月，马希萼勾连藩兵再攻长沙，马希广派刘彦瑫率战舰与朗州兵及蛮兵战于湄州。刘彦瑫乘风纵火，欲烧毁敌舰，不料风势逆转，反被自焚。马希萼乘胜进击，刘彦瑫败走，其部溺死者大数千人。同年十一月，马希萼率部进逼长沙。马希广遣刘彦瑫召水军指挥使许可琼帅战舰五百艘屯城北津，以马希崇为监军，准备抵御马希萼部进攻。马希萼暗中遣间谍以厚利贿通了许可琼，马希广却丝毫无知。效忠于马希广的强弩指挥使彭师杲，有一天在城墙上巡视时，对马希广建议道："朗人骤胜而骄，杂以蛮兵，攻之易破也。愿假臣步卒三千，自巴溪渡江，出岳麓之后，至水西，令许可琼以战舰渡江，腹背合击，必破之。前军败，则其大军自不敢轻进矣。"马希广欲采纳他的建议，谁知许可琼暗中对马希广挑拨道："师杲与梅山诸蛮皆族类，安可信也！可琼世为楚将，必不负大王，希萼竟何能为！"马希广信其言，便不肯派兵出击了。许可琼与马希萼还偷偷相会于河西密谋，相约为内应。一日早上，彭师杲碰见许可琼，两人怒目相叱。片刻，彭师杲入见马希广道："可琼将叛国，人皆知之，请速除之，无贻后患。"马希广不信道："可琼，许侍中之子，岂有是邪！"彭师杲退出叹道："王仁而不断，败之可翘足俟也！"

数日后，马希萼挥兵从水陆进攻，许可琼果举全军不战而降，长沙城顿陷一片慌乱之中，朗兵与蛮兵进城，大掠三日，步军指挥使吴宏与强弩指挥使彭师杲等率军力战，终寡不敌众，被马希萼领兵重重包围。吴宏血战满袖，被俘后对马希萼道："不幸为许可琼所误，今日死，不愧先王矣！"彭师杲亦将长塑投于地大呼道："大丈夫死不足惜，请动手吧。"马希萼见这二人事主如此忠心，乃长叹道："真铁石人也"。遂命皆不杀，仅杖二人背而黜为民。

当日，马希广亦被捕获。马希萼将其赐死。其尸为彭师杲收敛而葬于浏阳门外。

马希萼杀其弟后，即被众将拥立为楚王。不久，许可琼遣马步都指挥使徐咸等作乱，将马希萼囚禁于衡山，衡山指挥使廖偃与师杲共立马希萼为衡山王，使马希萼东山再起，当了武溪节度使。接着又被唐王任命为江南西道观察使，守中书令，彭师杲亦因追随马氏，朝廷嘉其忠而被升任为殿直都虞侯。马希萼死后葬于金陵，彭师杲亦供职后周朝廷直到老死，未回溪州。但他的儿孙却在锦州世袭受封，当了保靖的土司，此乃后话。

在溪州做了静边都誓主兼下溪州刺史的彭仕愁，自立了铜柱之后，终于熄灭战火，过了十多年安宁日子。后周显德三年（956 年），彭仕愁患病卧倒在床。临终前，他将长子彭师裕唤至面前叮嘱道："我死之后尔袭职，尔宜坚守盟约，不可轻启战事，能使子孙代代相传，长居溪州之地即福也，尔谨牢记。"说罢，即溘然而逝。

彭师裕随即袭任父职，做了静边都誓主兼下溪州刺史。又过四年，时任后周检校太尉的宋太祖赵匡胤，在陈桥驿被军士"黄袍加身"，当了皇帝，宋王朝从此开始纪元。赵匡胤登基后，不断派兵南征北伐。开宝八年十一月，大将曹彬率部攻克江南升州，南唐最后一位君主著名词人李煜作了北宋的阶下囚。此后不久，宋太宗赵光义即位，当听说李煜在赐第作乐，写出了名传后世的名句"问君能有几多愁，恰似一江春水向东流"的《虞美人》词后，不禁大怒，以致赐了牵机药将其毒死。宋太祖攻占江南后，湖南湖北都归在了股掌之中。这时湖广一带的土酋都纷纷归附于宋朝。彭师裕此时已传位给儿子彭允林，父子俩亦奉表归顺，宋太宗下诏仍由彭允林任溪州刺史。彭允林在位二十四年，其后由兄弟彭允殊任职四年。其间，辰州知州率兵进犯溪州边境，并将会溪坪的铜柱向溪州境内作了移动。彭允殊为此上书给宋仁宗道："溪州会溪坪楚王所铸之铜柱被辰州知州移动，望朝廷禁止。"宋仁宗乃下诏辰州，不得移部内马氏所铸铜柱。辰州知州闻诏后，遂将铜柱又移往原地。

宋威平二年，彭允殊传位给彭允林之子彭文勇袭职。彭文勇在位十年，于宋大中祥符二年（1009 年）由其长子彭儒猛袭职。彭儒猛任职不久，忽遇辰州诸蛮攻下溪州。经过一场恶战，彭儒猛率兵将诸蛮打败，又将俘获土酋及器甲等献给朝廷，宋真宗诏赐彭儒猛锦袍银带，封他为金紫光禄大夫检校兵部尚书兼五溪都团练使。

宋天禧元年，南方发生大面积饥荒。溪州刺史彭儒猛准备率部起义反宋。其部在辰州边界与官军发生战斗，双方互斗不止。第二年初，辰州都巡检使李守元率兵攻下溪州白雾团，擒获白雾蛮 15 人，斩首百余人。知辰州钱绛率兵攻入下溪州，破寨栅斩蛮六十余人，降老幼千余。刺史彭儒猛躲入山林。钱绛将彭儒猛的儿子彭仕汉抓获，当即押入西京幽禁起来。过数月，彭儒猛托顺州蛮首领田彦晏上书朝廷，申诉自己没有反意，并愿归顺朝廷。皇上乃特许释罪。并诏辰州通判刘中象与彭儒猛同至明滩歃血为盟。

刘中象接皇上诏书后，立刻带兵来到明溪，并派人请彭儒猛前来商谈盟誓。彭儒猛见皇上下诏特许释罪，乃应约带着随从欣然而至。双方在明溪寨相见后，刘中象即道："彭刺史，我奉皇上之令，准备和你盟誓休战，但不知你意下如何？"

彭儒猛道："皇上特许我释罪，我非常感激。只要能休兵罢战，双方再不相互侵犯，我愿歃血为盟。"

"你有诚意盟誓，我们即可举行仪式。"刘中象又道，"盟誓之后，令公子仕汉可随我去京都任殿直，这是皇上的诏令，你明白吗？"

"我明白！"彭儒猛点点头。宋真宗皇帝的意思是让他将儿子送到朝廷任职，实际上是留作人质而已。他若不答应，这盟约就难实现。为了换取朝廷的信任，他只好忍痛割爱，让长子仕汉送去京城作质押。

"既然你都同意，那就准备起誓吧！"刘中象遂吩咐侍从道，"快拿酒来，把公鸡砍了，我们要喝血酒起誓。"

一位侍从将早已备好的一缸白酒端了出来，接着提来一只公鸡，将那鸡头一刀砍断，把鸡血滴入那酒缸内，那白酒就变红了。刘中象带头舀了一碗血酒端起念誓道："吾与溪州彭刺史缔结盟约，从今之后互不侵犯，如有违反，照鸡而亡。"誓毕，将那酒一口就喝了个底朝天。彭儒猛接着舀了一碗血酒，同样照词念了一遍起了誓，再将酒一口喝干。其余双方几个首领亦都跟着一起起誓喝了血酒。

歃血盟誓后，双方又一同来到会溪坪，请工匠在昔日楚王马希范和彭士愁所立的铜柱碑上，又加刻了以下文字：

维天禧元年十一月十五日移到至十六日竖立记。

金紫光禄大夫检校兵部尚书、使持节溪州诸军事、溪州刺使、兼御史大夫、上柱国、长沙县开国伯食邑九伯户、五溪都团练使彭儒猛。

银青光禄大夫、检校国子祭酒、知溶州军州事、兼监察御史武骑慰彭□□

知夷州军州事彭君庸

知忠彭州军州事彭文绾

知南州军州事彭光明

知州彭文傥

团练彭如迁

前三亭县令彭如喜

三亭县令彭文雅

都监彭文戚

溪州都监彭如兴

溶州都监彭仕明

统军使彭如武

都挥指使彭文仙

知万州军州事田彦存

高州巡检使彭如聪

巡检使彭如品

十洞彭如熹

统军使彭仕进

排军指挥使陈文绾

巡检朱继显

教练使屈思

静边指挥使彭文胜

溪州军事推官辛白

湘州罗文瞻

史军罗万能

巡检罗万贵

录事参军寥保利

水南都指挥使罗文彦

金唐县田成益

教练使彭进

溪州知州彭君善

钤辖覃万富

五都彭如亮

五溪巡检使知向化州彭知会

知保靖州军州事彭光陵

知来化州军州事彭允会

知感化州军州事覃文绾

团练向行仙

古州覃万贵

五溪都招安巡检使田思满

左衙龚贵朋

知永州军州事彭君昌

溪洞巡检使、知武宁州军州事彭□□

知富州军州事覃文勇

知谓州军州事覃允赞

知州朱进通

各州符彦贵

钤辖彭如权

钤辖覃文晁

知州田彦胜

通判田彦强

知州田思赵

施酉知州彭允强

铜柱碑文字补刻之后，双方便各自回了自己的治所。彭儒猛的长子彭仕汉，接着被刘中象派人送去了京师。溪州和辰州边境，暂时便又获得了安定。

第五章　暗自叛逃竖反旗
为践誓约诛亲子

　　再说彭仕汉被留作人质来到京城后，虽然名义上作了一个殿直的小官，实际上毫无权力亦无自由。日子住得久了，他便乘人不注意，悄悄潜逃回了溪州。

　　不久，朝廷方面见彭仕汉不知去向，皇上乃密令辰州通判刘中象到溪州去问罪。刘中象率部来到会溪坪，立刻会见彭儒猛道："你儿子跑了回来，你为啥不报告？"彭儒猛吃了一惊道："我儿仕汉一直在西京居住，他何时潜逃回来，我实不知。"

　　刘中象道："今皇上有密诏，务必将彭仕汉捕获归案，你如掩藏不交，将会罪加一等。现我限你十日之内将儿子交出，否则将兵戎相见。"

　　彭儒猛说："我会立刻寻找。请转告皇上，我一定会遵守盟约的，绝不敢欺瞒朝廷。若能找到我儿下落，十日之内必当捕获解送。"

"我生要见人，死要见尸。"刘通判道，"不弄清彭仕汉下落，你我在皇上那里都交不了差。"

"你放心，我会找到他的。"彭儒猛点头应允。随即让人把另一儿子彭仕端叫来吩咐："你速带人去查仕汉下落，听说他潜逃回溪州了，到底藏在何处，要把他尽快找到。劝他速去西京归案，不然在朝廷处就无法交代，朝廷方面要拿他做质押，他却擅自跑了回来。"

"我就去访。"彭仕端点了点头，遂带了人到四下去查访。

三天后，彭仕端在锣鼓寨访寻到了彭仕汉的下落，原来他潜藏在该寨主的家中，意欲鼓动寨民进行谋反。彭仕端当即劝彭仕汉道："父亲让我来找你，要你速去西京投案，你跑回来后，皇上密诏辰州通判前来溪州问罪，务必要将你拿获解京哩！"

"我在朝廷被囚禁数年，后来遇释放，但仍不准我回来，实际上是要把我长期抵作人质，我实在受不了，你就转告父亲，求他别要我去吧！"彭仕汉求道。

"你不去，我们怎么好向朝廷交代，我看你还是去吧！"

"不去，我就是不去！"彭仕汉执意不肯。

彭仕端见无法说服他，乃回头给父亲禀报道："我找到下落了，他在锣鼓寨刘寨主家里，死活不肯归去朝廷，你看怎么办？"

"他敢违命？你就给我强行捉拿吧！"彭儒猛道，"这个逆子敢背叛朝廷，留着他还有何用，倘若朝廷兴罪，还会牵连我全族。"

"我去捉拿他，他若反怎抗怎么办？"

"他敢反抗，由你处置，杀死了，也要把尸交给朝廷，以明我溪州人忠顺朝廷心迹。"

彭仕端得了父亲这一命令，乃再率兵将锣鼓寨包围了起来。这时彭仕汉集合了数十亲信死党，占据了寨内一个山包，不肯屈服受缚。

"喂，大哥，你还是随我去西京吧！父亲要你快回来受缚。"彭仕端高声喊道。

"我不会到朝廷去送死的，你别想捉拿我！"彭仕汉毅然回道。

"你不肯受缚，那就莫怪我不客气了。"

彭仕端说罢，即命士兵发起了进攻。双方一阵激战，彭仕汉的数十人寡不敌众，结果一个个全部战死了。彭仕汉最后也被一兵丁砍死倒地。

彭仕端见其兄被杀，即命人将其尸抬回会溪坪，向父亲作了禀报。彭儒猛见到仕汉尸体，乃抚尸恸哭道："我儿，不是为父狠心，只怪你要从西京逃回，这叛朝廷之罪担当不起啊！"哭罢，乃派人将辰州通判刘中象请来，让他见证了仕汉的尸体，方才命人厚葬。

刘中象见到彭仕汉之尸后，回去转向朝廷作了通报。皇上得知其情，乃以彭儒猛能忠顺朝廷为名，下诏委任彭儒猛为检校尚书左仆射，委彭仕端为检校国子祭酒，知溶州，并加赐盐三百斤，彩三十匹。

彭儒猛父子得到朝廷嘉许，从此与朝廷的关系就变得密切了。

　　天圣五年，彭儒猛年老患病，临死前，他将彭仕端唤来。嘱咐道："我死后，由你袭职任刺史，你要继续对朝廷忠顺，每年去岁贡一次，不可懈怠。只要不获罪朝廷，就可保我溪州土民世代安宁和详。"言毕，即瞑目归西。

　　彭仁端当日即承袭父职，当了下溪州的都誓主。

　　在给父亲隆重办过丧事之后，彭仕端即唤来三弟仕曦商议道："父亲在世时，一再嘱咐要给朝廷纳贡，我想请你找几十匹名马和其它特产，去朝廷献贡一次。"

　　彭仕曦道："找几十匹好马容易，我就去办。"说罢，带人到各寨精选了几十匹名马，再搜集了一些虎皮，熊胆等名贵土特产。然后率数十名兵丁，押解着贡物送到了开封京城。

　　宋仁宗闻知溪州彭仕端遣人来献贡，亲自在宫城内过目观看了那些名贵贡物。只见这些马一匹匹都膘肥体壮，呈棕黄色。

　　仁宗皇帝道："溪州之马，有何特色？"

　　彭仕曦道："溪州之马，性温顺，好驾驭，能负重，遇到好骑手，一日狂奔千里不在话下。"

　　"好，朕要骑来试试，看看是不是温顺好骑。"

　　皇上说罢，即挑了一匹棕色高头大马，纵身跨上去，那马果然纹丝不动。再一拉缰绳，喊声"驾"，那马就撒开蹄飞跑起来。皇帝兜了一圈，回头下马道："果然是好马，温顺听话又好骑。你们回去转告彭刺史，要他好好管辖溪州，驯蛮民如驯这马，那天下就太平无忧了。"说罢，又诏赐了袍带给彭仕端，另给了彭仕曦一行器币、彩布等作奖赏。彭仕曦跪头谢过龙恩，领着一行使者在京城游玩了数日，方才回溪州。

又过不久，溪州刺史彭仕端在任职五年后突然生病去世，彭仕曦随即袭职当了刺史。皇上亦复命彭仕曦为检校尚书右仆射。

彭仕曦任溪州刺史后，开始为所欲为变得暴虐起来。他嫌刺史官职太小，意欲称为王，与朝廷抗衡。一日上午，他将所辖下州二十州将领召集到议事厅，向众将宣称道："从今起，尔等可称我如意大王，我们与宋朝廷要平起平坐，不再俯首称臣，也不再去纳贡，大家以为如何？"

"不可，不可！"忠顺州知州田达劝阻道，"都誓主此举不妥也。先祖在世，嘱我后辈谨顺朝廷，守住本土。以利子孙。如若贸然称王，不去朝贡，则违背祖宗遗训。"

感化州知州向凤昌也表态反对道："溪州虽有二十州之众，但实力比较起来远不及朝廷。今若称王对抗，势必招来朝廷派大军来围剿，那时抵御不住，我辈将身首异处也！"

"嘿，你两个竟敢唱反调！"彭仕曦眼睛一瞪，大声叫道，"刀斧手何在？给我把他俩斩首！"

几个如狼似虎的卫士，随即冲上来将田达和向凤昌几刀砍掉了头。

众将领见这阵势，一个个吓得不知所措。"看到了吧！今后谁敢和我作对，就与这两人一样下场！"彭仕曦狞笑着道。

大家不敢再吱声反对，彭仕曦就这样自封当了如意大王。

如意大王稍不如意就要发怒，他所要得到的东西谁都阻挡不住。一日傍晚，彭仕曦在后宫花园见到一女子正在采花，他从后背一把抱住就吻，那女子惊叫道："公公，我是你儿媳呀！"原来这女子是儿子彭师宝的妻子杨氏。

"我把你要了，你就是我的了！"彭仕曦嘻嘻笑道。

"不，你儿子不会答应的。"

"我儿嘛，让他再找一个，女人多的是！他怎敢和老子作对！"

彭仕曦说罢，就把这儿媳抢进后宫占有了。

其儿彭师宝获知妻子被父占，十分愤恨。他欲杀了老子，却又寻不到机会下手。彭仕曦害怕儿子报复，遂将他遣至上溪州当了知州。

彭师宝到上溪州赴任后，乘机带着亲信跑到辰州，向知州宋守信和通判贾师熊告状道："我父丧灭人性，他霸占了我的妻子。又杀了两个州将，还自号'如意大王'，声称要和朝廷平起平坐，不再纳贡称臣，很快会起事造反。"

辰州知州宋守信听了此言，觉得事态严重，立刻和贾师熊商量道："彭仕曦敢背叛朝廷，我们不能坐视其乱呀！"

"对，咱们先下手为强。"贾师熊赞同道，"乘其尚未起事，赶快袭击剪除。"

两人遂合议出兵数千，让彭师宝作向导，直向下溪州浩浩荡荡杀去。

彭仕曦没料到官兵来得如此快，他急忙下令迎战抗击。双方兵马数日激战，溪州蛮兵终不敌官军进攻，最后只得放弃宫城带着残兵逃往深山躲藏了起来。

辰州官军没抓到彭仕曦，但抓获了数百俘虏，连同其铜柱一起缴获运了回去。

溪州与辰州边界自此不得安宁，双方相互侵扰，混战不止。不久朝廷派了殿中丞雷简夫等率大军来到溪州边界，一面派人驰檄招谕，彭仕曦迫于大军压境，乃不得不率七百余众在明溪新寨饮血就降，并将所掠辰州官兵五十一人及其械甲归还官军，辰州方面，亦还其弩及铜柱。彭师宝则被遣归上溪州，仍任知州。

第六章　彭师晏逊位彭师宝
福石宠迁居老司城

彭仕曦归降朝廷后，当年即恢复了给朝廷的岁贡。但过不久，朝廷把大军撤回，彭仕曦乘机又聚众侵占了辰州白马崖下喏溪。驻守下喏溪的团练方厚民弃寨逃到辰州，向知州宋守信报告道："启禀知州，溪州刺史彭仕曦带几百蛮兵又来攻占我寨，我们兵力太少，乃避让撤了回来。"

宋守信道："朝廷大军刚撤走，他竟又来犯边界，此人真是个出尔反尔的蛮子！"说罢，即挥毫写了一封警告信，劝彭仕曦赶快悬崖勒马，退还侵占之地。写毕，令使者将信送到了下喏溪。彭仕曦见信后，竟不在意地对使者说："下喏溪是我溪州之地，我为何要归还辰州？你回去转告宋知州，叫他不要争这个地方了！"使者回去把彭仕曦的话作了转告，宋知州见其不睬，乃又召集身边谋士想了一个计策，决定派团练方厚民出使下溪州，让他游说彭仕曦的儿子彭师晏，让他再去劝说其父归还下喏溪。

方厚民领命之后，带了两个随从悄然出使来到溪州，暗中找到彭府住宅，要求与彭师晏会面。彭师晏见是辰州来的使者，乃以礼召见问道："辰州府派尔来为何事？"

"为下喏溪之事！"方厚民道，"前辰州与溪州曾立下盟约，保证双方互不相侵边界，可是，现在朝廷才撤大军不久，你父就亲带兵马侵占了下喏溪。我们要求归还，你父亦不理睬。我们宋知州特派我来向你问候，期望你能劝说父亲，让他归还所侵占寨子，不要再寻衅开战，战乱对双方均无好处"

彭师晏听罢，点点头道："溪州与辰州订了盟约，双方本应遵守，我父领兵去占下喏溪，实属违反条约之举，我变曾劝阻过此事，无奈家父脾气执拗，不肯听从。我只有慢慢再设法去说服。"

"此事不能拖延！"方厚民又道，"朝廷方面十分关注。如果你能将父亲说服，并愿臣服朝廷，我们会支持你承袭溪州刺史之职。"

"你们放心！我是愿遵守盟约，臣服朝廷的。我将尽最大努力去劝说家父。"

"好，我们就等你的好消息了。"

双方谈至此，彭师晏即吩咐家人留使者住下，当晚举办晚宴，热情款待几个使者。

第二天，方厚民带随从转回辰州，将与彭师晏会谈的情况给宋知州作了禀报。宋知州遂按兵不动，只静待着溪州生变。

过了数日，彭师晏在下溪州府中正吃晚餐，忽有中军首领杨开泰匆匆入内禀报道："总爷，不好了，老爷子被彭师彩杀了！彭师彩已宣布继承袭职任刺史。"

原来，那彭师彩是彭师晏的亲弟弟，他为人十分暴虐，为争夺承袭刺史权，他竟用药酒毒死父亲。彭师晏当时一听，惊异地说："天哪，我弟弟竟做出这种蠢事来。杀父之罪，天理不容。你们说，这事该怎么办？"

总管向永基道："犯了此等罪，只能诛杀了！你赶快下令行动吧！杀了彭师彩，这刺史位理当由你继承袭位，你年龄最长，看谁还有话说。"

"对，事不宜迟。"杨开泰又道："只要你下令，我马上去将谋逆凶手处死。"

"好吧！就派你先去。向总管再协助你。"彭师晏同意了。

杨开泰遂带了中营主力三百余人，很快开赴到下喏溪，将彭师彩部攻了个措手不及，经过一番激战，最后将彭师彩及其余党亲信数十余人全斩杀了。

谋逆叛乱平息，彭师晏就在众人的拥戴下承袭了父职。上任之后，彭师晏当即下令将下喏溪归还了辰州，同时纳誓忠于朝廷，朝廷乃正式任命彭师晏当了溪州刺史。

时光轮转，瞬间又过了二十年。彭师晏人老了，身体不太好，又无儿子继位，乃叫人到上溪州将其弟彭师宝招来嘱咐道："师宝弟，我老了，精力不济，这刺史之位，就让给你吧！你可要好好理政，别让人失望。"

彭师宝道："我也年纪不小了，只怕也干不了多少年啦！"

"不要紧，你还有儿子嘛！你那长子彭福石宠才貌出众，将来可堪大任，我看你可多加教导。"

"没错，彭福石宠很讨人喜欢，我也有意传位给他。"

"那就这么定吧！"

两人如此说毕，彭师晏就将刺史之位让给了其弟彭师宝。

彭师宝上任之后，在下溪州筑墙修城，与朝廷结好关系，比较平稳地渡过了整十年时光。

宋绍兴五年（1135年），彭师宝在下溪州病逝。其子彭福石宠继承刺史之位。彭福石宠没有汉名，依土家语取了四个字为名。他上任的第二天，宫中的总管向永基即对他建议道："新官上任，当谋子孙久远之计。我溪州治所，拟搬迁到别处为宜。"

"为啥要搬迁？"福石宠问。

"会溪坪这地方距江边不远，有水患威胁。辰州乘船来也容易入侵，于防守边界亦不利。故为子孙基业计，应再择新的治所。"

"依你看，该迁何处为好？

"距此百里之外，有个灵溪，以前是吴王盘距的宫城，那地方若加以修建，可作溪州中心治所。"

"但不知其地风水如何？"彭福石宠来了兴趣。

"我们可实地去查看询问一下就知道了。"向永基建议道。

"好，应当去看看。"

彭福石宠被说动心了，遂要向总管和杨开泰相陪同，当日即在百余护卫的簇拥下，坐着轿从会溪坪经王村到高坪，再至铜瓦溪，于第二天上午来到了灵溪河畔的凤凰山上。在凤凰山边，向总管找到当地一个会看风水的胡知全老人，让他给彭福石宠指点此处的风水奥秘。胡知全带着这一行人来到凤凰山头的一块大石上，用手指着周围的山势说："此处是个万马归巢的风水宝地。你看，这里的四面大大小有几十座山环抱，中间有一条清清的灵溪河穿过。河对面那座山叫笔架山，像一支高耸的笔杆，两旁的小山像宫殿里的两把椅子。前面横卧的山似玉屏拱书，这边的凤凰山，背后相连有福禄寿三座小山，名为三星山。有谶语云：'绣平拱座年年在，福禄山前永坐基'。解语是：谁占住这地方坐宫城，就会有福禄寿三星庇护而永远稳坐基业。"

"有理，有理！这地方的风水果然非同凡响。"彭福石宠高兴地点头，又道，"那几面的山称做什么？"

胡知全又回道："那东边的大山叫太平山，乃保障太平之意，太平山旁边的一山名紫金山，两面的山名将军岩，西南还有青狮山、白象山，这些山都是拱卫紫金山金銮殿的有力屏障！"

"这地方不仅山清水秀，还易守难攻，若作溪州治所，实乃理想之地。"杨开泰也赞成道。

"好，就选定这里！"彭福石宠最后表态道，"你们二人就负责修建这座新城，要把这灵溪好好丈量一下，宫殿、街道、城墙，要建得气魄，漂亮。"

"遵令！"向总管回道，"我们会尽力把宫城修得让你满意。"

彭福石宠点点头，当日即在灵溪住了一晚，第二天才返回下溪州。

向永基和杨开泰奉了彭福石宠之命，即到各寨调来大批工匠和民工，开始精心修造起土司城来。经过半年多的打造，这灵溪河畔便建起了一座崭新的土司。工程竣工后，彭福石宠在向总管和杨开泰中军等人陪同下，又亲到宫城巡视了一遍。只见这城内已建八街九巷，每条街道的地面都铺着红褐色的卵石，并呈现着三角形、菱形及其它直角为主的各种图案。城内共设三个城门，分别为南门、东门和西门。由正南的南门到宫内去，要过五重庭院。每进一层庭院，要上十多步台阶，每道庭院内，设有门卫守护。五重庭院的前两进庭院，为土司办公的衙门。后三重庭院，设计为土司乐宫、土司内宫和土司寝宫。这些庭院房子，都是木石结构组成。多数房舍都有两层楼。在土司乐宫旁边，还专门修建了一处凉热洞。其洞依山而进，人工掘进地道内一百多米，洞内由砖石拱成，地面铺了砖块。里面有泉水经暗道流出，洞内还设了几道能开关的大门，可以随意控制温度。住在这洞内，冬天可保温暖，夏天可享清凉。好比一处天然的空调房子。在土司宫之后，则有高山作屏障，四周还修有瞭望台，可驻兵防守。绕城还建有二里多长的城墙，防卫方面，可谓固若金汤。

彭福石宠在宫城内外巡视一遍后，非常满意地对向总管说："这宫城修得有气势。"

"那就赶快搬迁吧！这里一切都准备好了。"向总管建议道。

"好！马上搬!"

彭福石宠手一挥道："我现在就坐镇这宫里，你们要搬什么东西，就快去搬吧!"

　　向总管接令，随即到下溪州传达了彭福石宠的命令，除留少数守备人员外，原溪州城的所有军民人户都搬迁到灵溪新城来居住。此令一下，原会溪城的二千余人户顿时都搬迁一空，而灵溪的土司宫城，从此就开始繁荣起来。

第七章　传旨"赶年"降瘟疫
追索宝物息干戈

　　彭福石宠迁治所于灵溪之后，与朝廷的往来也渐渐断绝了。此时南宋高宗赵构为金兵不断南侵所困扰，为了苟且偷安，与金议和，宋高宗听信秦桧的谗言，连下几道诏书令岳飞等人班师回朝。并解除了岳飞、韩世忠的兵权。秦桧更罗织莫须有的罪名将岳飞杀害了。此后宋金虽达成和议，南宋朝廷苟延残喘了多年，但来自中原的威胁始终没有解除，朝廷也已无暇顾及对蛮夷土司的统治。彭福石宠就是在这种背景下，逍遥自在地在自己的领土上稳坐了六十年爵位，过着安居的风流快乐时光。

　　也是乐极必忧，有一年腊月二十四，过小年了，彭福石宠在宫殿里觉得烦闷无味。他吩咐总管向永基道："你去找唐千户，让他陪我来下下棋！"原来那唐千户是他的老棋友，就住在城内。向总管随即出了门。他来到唐千总门前，忽闻这屋内一片哭声。"怎么啦？"他走进门去问。"千户生病死了！"这家的人告诉他。

"得的什么病？""不知道，昨日白天还好好的，夜里就去世了。"
"真是天命莫测啊，我们主人还让我来请他下棋呢！谁知他竟这
么快就去了！"向总管回家报告道："主爷，不好了，唐千户昨日
晚上得急病死了。"

"什么，唐千户死了？"彭福石宠大吃一惊道，"他前两天还
和我下棋，人好好的，怎么突然就死了？今年这时运不好，只怕
要死好多人！"话刚说完，又有五营中军官进宫报告，兵营里几
个士兵得瘟疫死了。彭福石宠一时急得不知所措。

又过了几日，忽闻城内又死了几十人，连宫殿里的宫女也死
了好几个。彭福石宠害怕之极，他下令向总管把梯玛（土老司）
找来，要他到阴府阎王处去查一查，看是什么原因死这么多人。

梯玛奉命"下马"（烧纸马脚）登程，过了一个时辰才转身。
彭福石宠问他道："原因查到了吗？"梯玛回道："查到了，这是
你说话不注意惹的祸。你虽不是天子，也是一方大王，说话是金
口玉言，要算数的。你不是说过只怕还要死很多人吗？上天就降
下瘟病来应了你的口！"

"唉呀，那可糟了，有什么办法解救吗？"彭福石宠发了急。

"没有办法解救。不过你说了句今年时运不好。要到翻过年
就不怕了。瘟疫自会消失。"梯玛解释说。

彭福石宠又道："今天是几时？"

"今天是二十八，明天二十九，后天三十过年。"向总管
回道。

彭福石宠忙道："多等一天就多死好多人，不等三十过年了

吧！传我的令，各家各户一律准备二十九过年，要关着门过，不让瘟神进来，过了年就好了！"

向总管赶紧传下令去，土司辖内家家户户都提前在二十九过年。过了年，天气十分晴朗，那瘟疫也果真停了。彭福石宠一高兴，下令从此以后，土家人每年都提前到二十九过年。这以后，也就成了土家人的习俗。

彭福石宠渡过了这年难关，此后的晚年都是顺境，他一直活到八十岁才病逝。其儿子彭安国于庆元元年（1195 年）即任。这时蒙古斡难河流域的成吉思汗已经崛起，短短数十年时间，雄才大略的成吉思汗不断统兵向外扩张，竟向西一直打到了欧洲多瑙河流域。1227 年，成吉思汗病逝，他的蒙古军队相继灭亡了西夏和金朝，又降服了畏兀儿和吐蕃，接着攻占大理，对南宋形成了包围之势。这时的南宋势如危卵，朝廷自身难保，对土司更无暇顾及。彭安国也乐得承袭父职，在溪州又稳居了六十二年爵位。

有一年八月，溪州索多地方忽然出了乱子。这天上午，彭安国患病正卧庆不起，忽有亲信舍把田二低声报告他："爵爷，不好了，我听说索多寨的人扬言要来攻土司城。"

"啊，这是怎么回事？难道他们要造反？"彭安国听罢大吃一惊。

"具体闹事原因我不清楚，此事需要派人去探听一下。"

"老爷，你让我去吧！"一旁侍候的夫人白娘娘说道，"我去一定会把情况查清，把乱子平息。"

那白娘娘是个非常能干的女人，彭安国对她十分敬重。他见白娘娘主动请求去平乱，便点头道："你去处置一下最好，不过要多注意安全。"

"放心吧，没人敢与我作对的！"

白娘娘说罢，即选了几个贴身丫鬟，骑着马快速向索多寨驰去。

当天下午，白娘娘一行几人便到了索多寨。此时但见寨子里一片喧闹，在一个大坪地里，有数百名寨民拿着火枪和刀矛在操练兵器。

"你们这是干什么？"白娘娘下马后，急问一个戴头帕的年轻男子道。

"我们在练兵。"那青年男子反问道："你是什么人，来这里有何贵干？"

"我是土司城的白夫人，今特奉命到你寨来查访。"

"啊，你就是白夫人，白娘娘！"那青年男子惊奇地回道，"娘娘到此有何见教？"

"我来询问你们寨里的事，你们练兵想干什么？"

"不瞒娘娘，我们练兵是想攻进城去抓千户向福和总管向岚。"

"抓他们二人干什么？"

"我们要杀了这两人！"

"为么事要杀这二人呢？"

"因为他俩夺走了向勤的宝贝。"

"向勤是谁？"

"就是向福的弟弟。"

"他有什么宝贝?"

"他有一支金咚咚喹!"

"什么金咚咚喹?"

"这是种能吹的乐器,是金子做的,所以是宝物。"

"向勤在哪里?我要亲自问他。"

"他在那边,我去喊他。"

那青年小伙说罢,跑过去就把向勤叫了过来。白娘娘细一看,见那向勤生得身材修长,面目俊秀。一看就是个惹人爱的后生。不禁爱怜地问道:"向勤,我问你,你到哪里得的咚咚喹宝物?"

"禀娘娘,此事说来话长。"向勤回道:"我与向福本是两弟兄,因为父母去世,我们各自分了家。他娶了堂客,得了老屋,我什么都没有,只好四处流浪。两年前,我在外乡遇到一个白胡子老头,他病倒在山边的路上,我见他可怜,给他找来了吃的,又给他找朗中看病,那老头竟然好了,他也因此十分感谢我,我们俩一起做伴在外流浪,有空他便教我吹咚咚喹,吹起来真的很好听。老头教会了我,他自己也不行了,临终前把他的那支金咚咚喹赠送给了我。从此我到四乡八寨串门走户,专门给人吹乐为生。去年我来到这索多寨,寨民们都喜欢听我吹咚咚喹,他们给我盖了一间草房,让我在寨里住下,天天教他们吹咚咚喹。不料我哥向福起了坏心,他得知我有一支宝贝后,就让嫂子彭妹来找我。'把你的咚咚喹借一下吧,你哥他想要哩!'嫂子对我说。

'我哥要咚咚喹有何用？'我问。'你哥想把这宝贝送向总管，让他在爵爷面前美言几句，好提拔他当个大点的土官，到时你这兄弟也就沾光了！'嫂子甜言蜜语地劝我。'不行，我不能把这宝贝送人。'我一口回绝了她。'好啊，你是几句好话抵不过一马棒，看我告诉你哥，怎么收拾你！'嫂子说完就走了。当日晚上，我睡在草屋中，夜半时，忽有几人踢开房门闯了进来。'你们要干什么？'我从床上坐起来问。'我们来借你的宝贝，你不要动，动就杀死你！'一个大汉用尖刀指着我，另几个人就跑上来把我用绳子绑了，抢走了我的那把金咚咚喹扬长而去。我气得大哭，却不能动弹。第二天，寨里人闻讯进来，才帮我解了绑。我想去找向福拼命，他们劝我莫去，要我领头集聚人马，操练兵器，到时再攻进城去，找向福和总管向岚报仇。"

"原来是这样！"白娘娘听完叙说，立刻表态道，"你们且莫着急，等我回去禀报爵爷，把那咚咚喹追回来还给向勤，怎么样？"

"只要能追回咚咚喹，大家也用不着闹事了。"向勤回道。

"保证帮你们把咚咚喹追到！我还要狠狠惩罚向福和向总管。你们明日派几个代表进城来听消息吧！"

白娘娘说罢，就带着几个女侍卫，骑马赶回了土司城去。当夜，卧病在床的爵主，听了白娘娘的禀报，同意让白娘娘亲自审理此事。

第二天上午，白娘娘带着一支卫队来到教场坪，即吩咐人将向福和向岚抓来。这时，全城有数千人纷纷跑来看热闹。向勤和索多寨的寨民代表也一早就赶来了。

　　白娘娘端坐在一张太师椅上，开始公开提审向福道："向舍把，你可知罪？"

　　向福手被反绑着，他抬起头疑惑地说："娘娘，小人不知犯了么得罪？"

　　"你还不知罪？我问你，前几日你抢了向勤什么东西？"

　　"呵，是……是有这么回事，"向福额头上冒了冷汗道，"我弟弟有一支金咚咚喹，我想要，可是他不给，我就派人把它抢来了。"

　　"那东西呢？现在哪里？"娘娘问。

　　"我给……给了向总管。"

　　"你为什么要送给他？"

　　"我……我给他礼，是想巴结他，让他在爵爷面前说几句好话，好提拔我。"

　　"你真是会打主意啊！"白娘娘又转问向总管道，"向岚，你身为总管，为何乱收人贿赂？"

　　向岚哭丧着脸道："我不知情呵，向福只说这咚咚喹是他家祖传的宝贝，他说送我吹吹歌，可解闷儿，我就收下了。"

　　"你这咚咚喹放在哪儿？"

　　"在我家里。"

　　"赶快派人取来。"

　　白娘娘说罢，即命人到向总管家里将那宝贝取了来。大家齐看那宝贝，只见五寸来长，粗如毛笔，中间有几个小孔。因是金子做的，所以闪着黄灿灿的金光，确是一件稀罕之物。

"这就是你的金咚咚喹吗?"白娘娘招来向勤问道。

"是的，这宝物是我的。"

"你给我吹几支曲子听一听。"

"要得!"

向勤接过咚咚喹，随即放在嘴边轻盈地吹起来。只听那乐声悠扬婉转，变化多端。时而如吹风下雨，打雷，时而又如各种鸟兽鸣叫等等。自然界的各种声音都被惟妙惟肖地模仿得一模一样。全场人听得鸦雀无声。

"好，这宝物果然不同凡响!"白娘娘又对向勤说，"即是你的，你就好生拿着吧。"

"多谢娘娘做主!"向勤恭身谢恩。

"向福，你派人强抢人宝物，按土司规矩该当何罪?"白娘娘又厉声喝道。

"请娘娘宽恕!"向福吓得只求饶。

"按律砍一根手指。"

几个行刑大汉立刻将向福拖出，将他的一根手指按在木凳上剁了。

"向总管，你身为土官不辩忠贤，受人贿赂，暂且打入大牢审理。"白娘娘又宣布道。

众兵丁得令，遂将向总管反背捆了，押入大牢关押了起来。

白娘娘最后又宣布道:"爵爷有旨，封向勤为艺师，向勤可到土司各峒寨传艺吹咚咚喹，任何人不得偷拿他的宝物。"

"多谢娘娘！"向勤与在场的土民一起欢呼起来。向勤一边走一边吹着咚咚喹，人们跟在他身后一起四散回了村寨。

索多寨的一场变乱就这样很快平息了。从此后，向勤拿着金咚咚喹到处传教，土家寨的人不久便都学会了吹这种乐器。

第八章　彭思万附元授将军
覃垕王起义惊朝廷

　　由于白娘娘的聪慧能干，彭安国在位安享了多年太平。八十二岁那年他才病逝。其长子彭思万于宝佑二年（1254）年继任。这时，元军在忽必烈的统领下大举南伐。1276 年，南宋都城临安被攻克，南宋灭亡。又过三年，赵氏一个小皇帝在崖山被大臣陆秀夫抱着跳海而死。元军消灭了南宋最后一支抵抗力量而统一了全国。彭思万眼见宋王朝灭亡，元世祖入主朝廷，便在这年冬月来到武汉，拜见了元朝廷大臣行中书省湖广平章奥鲁赤。彭思万对奥鲁赤道："我部土司愿意归附大元皇朝，请您向皇上转达我的意愿。并乞封安抚司为盼。"奥鲁赤道："尔等归附我朝，吾皇必定欣悦。待我当面禀报，再予尔回复。"

　　彭思万遂在武汉择店住下，一连等了两月。这期间，奥鲁赤亲至大都，向元世祖忽必烈转呈了土司彭思万的归附意愿和乞封请求。忽必烈听了禀报后，果然高兴地说："溪州土司愿意归附，我朝表示欢迎。不过，我朝改制新建，不宜滥施官员。安抚司使职权过大，土司酋长不能担此重任。"

"还有别的官职，可否考虑封任？"奥鲁赤又问。

"朕封他为武德将军如何？"忽必烈道，"给个武将职位，不设衙署。"

"可以，这对土司也是个安慰。"奥鲁赤即回武汉，转达了皇上旨意，彭思万乃到京城作了朝见。忽必烈当面给他赐了印章并授其职为武德将军。彭思万连忙跪头谢恩。

一个多月后，彭思万一路游山玩水转回了永顺。其弟彭胜祖得知元世祖不肯封永顺为安抚司，表示十分不满地对兄长说："我们溪州之地历朝都有衙署分封，为何元朝只封了个武将之职，却不授安抚司衙署，这不像话。朝廷不愿封，我们自己设安抚司吧！"

彭思万道："没经朝廷同意，我们怎能自己设安抚司衙署，这事不能做，做了会惹火烧身。"

因为兄长不愿意，彭胜祖也无可奈何。后来，彭思万去世，其子眼睛瞎未能袭职，彭胜祖乃于元贞二年（1296年）继任爵位。

大约在南宋末年，朝廷便在各蛮吏之地始设安抚司和宣抚司。元朝时，继设安抚司、宣抚司和宣慰使司。元延佑七年（1320年），彭胜祖开始自称为永顺抚司。其子彭万潜于元至正九年（1349年）袭职。至正十一年（1351年），彭万潜自称为宣抚司。

　　与永顺比邻的桑植大庸境内，这时也有两支土司开始兴盛起来。一支是桑植的土司向思胜，于宋景炎三年（1278年），奉朝廷之命，从四川盘龙洞到桑植征苗。向思胜善于征战，到桑植后，先后征服了土酋、苗酋十二处。元世祖忽必烈灭南守后，向思胜率土酋入朝归化，被元朝廷封为湖广桑植等军民宣慰使司之职。同年在桑植沙塔坪乡茶盘口屋场筑了一座老司城。其孙向仲山于元统三年（1333年）袭职后，又将司城迁往桑植两河口乡旧街村，当地人称旧司城。这支土司后来一直廷续了数百年才渐渐衰亡。

　　另一支崛起的土司是大庸茅岗的覃氏。其第一代始祖名叫覃添佑。在覃氏之前，茅岗地区的统治者本属吴氏宣慰都元帅府。吴氏世袭了好几代，最后一代的吴邈，却被覃添佑的儿子覃垕推翻了。覃垕据考是覃添佑的次子，有关他的传奇，至今在大庸，慈利一带的民间被说得活灵活现。据说覃垕老家在澧水河的烟柱山上，他出生时，身上有几条肉龙，有很多人还看到一个红球从天上落到他家屋顶上，照得满屋金光。为此有人说他是真龙天子出世，这话传到官府，被皇帝知道了，于是皇上传令把覃垕捉来杀掉。覃垕的爹娘急坏了，两口子吩咐覃垕的姐姐把他带到一个洞里藏了起来，官军没找到覃垕，就把覃垕的爹娘杀了，尸体放在堰塘里。不久，堰塘中间鼓起一个坟包，上面长出几根楠竹。而覃垕在姐姐的抚养下慢慢长大了。他小时吃过各种苦，会打柴摸鱼虾，又学得一身好武艺，10多岁时，覃垕梦见父母在梦中对他嘱咐说："孩儿，你把坟包上的楠竹砍了，做成弓箭用功操练，只要练完三年六个月，等到鸡飞狗上屋时刻一到，就朝东方开弓射箭，就可把皇帝射死，为你父母报仇。"覃垕醒来，即照父母梦中的吩咐，砍了楠竹做成了弓箭，从此开始天天练习射箭。

　　晃眼三年过去，覃垕练得一身好箭术了。他姐姐急着催他开弓射箭报仇。覃垕说："我还差六个月练满，还要等到鸡飞狗上屋的那一刻才能开弓射箭。"其姐姐一夜急得没睡着，第二天一早，她把鸡放到屋上，又把狗一阵乱打，接着就喊："兄第，时候到哒，快开弓射箭吧!"覃垕起来一看，真见鸡飞狗上屋了，就拿出弓箭，对准东方连射了三箭。那第一箭没搭上弦，落到深山下潭里，这个潭以后就叫"箭潭"。第二箭射到皇帝龙椅上，第三箭射到皇帝的金冠上，皇帝吓了个半死，忙吩咐人捉拿刺客。刺客没捉到，皇帝发现那箭头上有"覃"。乃下令派兵去捉姓覃的刺客。不久又闻覃垕造反起义，皇帝就派兵把覃垕打败杀死了。这个故事虽然只是一种神话传说，覃垕起义的真实经历，实际上是很复杂的一段历史，其过程据有关史料考证应约略如下。

　　元至正十二年（1352 年），覃垕联络夏克武、八鼓皮、田大、茅头等九溪十八峒上万人举行反元起义，首先攻占了茅岗的吴氏都元帅府。吴都主仓皇逃往了桃源蓼江坡。元朝廷很快派了指挥官任文大等前来围剿镇压。任文大将元兵分成两路。一路由茅头关、黑枞关进抵温阳关，一路由桑植进抵神挡坪。覃垕先在七年寨附近路口设伏，将进犯元军杀退。继而在神挡坪埋伏设卡。其时，有数百元军乘夜来到卡口偷袭，覃垕守兵因连日作战疲劳过度，一个个打了瞌睡。正在危急时刻，忽有一只飞鸟突然撞击挂在树上的铜锣。众守兵惊醒了，立刻掀动擂石，元军猝不及防，结果被打得人仰马翻，纷纷向后溃退。覃垕乘机率部追下山去，元军阵脚大乱，最后争过一座木桥逃命时又将桥压断，人马大半摔死在深涧中，覃垕部获得大胜，时人传为神助，故其地名后被称作神挡坪。

第二年，元军在南方各地被农民起义军打败，覃垕就杀出茅岗，很快攻占了慈利州。红巾军首领陈友谅这时便给覃垕、夏克武授予了慈利军民安抚使正副职。

至正二十三年（1363年），陈友谅兵败鄱阳湖。朱元璋夺得天下，不久命杨璟为湖广平章。杨璟率部进驻澧属三江口。覃垕在大军压境下，乃赴三江口与杨璟讲和，同时派儿覃仁等表示愿归附朝廷。明朝廷仍授覃垕为慈利军民宣抚使职，秩正三品。但朝廷对覃垕当宣抚使掌兵很不放心，不久又改任他为湖广理问，这个职务只是一个掌管行省刑事诉讼的官职，没有多大实权，覃垕亦不满意。他依然留守在慈利，并在澧二水交汇的永安渡修筑了一城，作为宣抚使的治所。

明洪武三年（1370年），明朝廷为剿灭四川明玉珍的起义军，派了数万大军从湘西北过境。其年正逢慈利一带天干大旱，粮食绝收，官民流离失所，明军又要地方供应军需，覃垕被迫无奈，只得联合九溪十八峒的土司于四月揭竿而起，宣告反抗明军起义。明太祖朱元璋闻讯大惊，乃命湖广平章杨璟率兵急讨。朱元璋在谕中还批示："此役宜多方取之，碍其山寨，绝其樵采，乘

66

机剿捕，胁从开释，收复镇抚，以络远人。"又批示："今师入其境击之，但使远去，不令出扰州县可也，不必虏其巢穴，更宜约束麾下，慎勿逐利轻进。"杨璟领命，率四万大军前往进剿。覃垕率部与明军对抗，双方先后经历了 4 次激战。

第一次激战在慈利永安渡。覃垕据城防守。杨璟挥兵将此城包围，双方激战数日，覃垕弃城退走。

第二次激战在今武陵源景区的百丈峡。覃垕利用峡谷险据守数日，其大将田大在此力战而死。覃垕率部退至官坪观音山。

第三次激战在桥头乡肖家峪二卡子隘口，一场短兵相接，双方伤亡都很惨重。覃垕接着退至茅岗。

第四次在茅岗溪峒，覃垕据险固守，杨璟久攻不下。此时明军粮饷不继，杨璟在永顺羊峰山扎了大本营，双方对峙多时。覃垕派人诈降，乘机将杨璟部将黄永谦扣留。接着，覃垕又派兵偷袭明军粮草供应队伍，将其军粮夺走。杨璟吃了亏，又捉拿不到覃垕，只得向朝廷请求增兵。朱元璋下谕申斥杨璟道："尔违吾言而妄动，不能平贼，既已答矣，又中其诡计，陷尔之部将，尔之智谋何在？今命参议戴德以兵从尔，凡诸山寨，限以日月平之……若再违朕命，以潞州失利之罪治尔。"（见《明史》卷《杨璟传》）杨璟奉令再向茅岗进攻，却始终没找到覃垕踪影，最后劳师无功，只得不了了之。

杨璟征战失利后，覃垕于洪武五年（1372 年）春，再集九溪十八峒举行反攻，一举攻占了慈利、石门各县；长沙各地积积响应。明朝廷引起震动。朱元璋下令卫国公邓愈和江夏侯周德兴统兵十万进剿。面临朝廷大军压境，覃垕后又退往茅岗地区进行固守。邓愈和周德兴分北南两路向茅岗进攻。北路由观音寨、二卡子、野鸡山、神挡坪包抄袭七年寨，南路进军龙伏关、大庸所、茅寨子、茅头关、黑枞关、温阳关包围七年寨。覃垕在各个关卡设防阻敌，由于寡不敌众，这些关卡先后都被明军冲破了。覃垕最后退至七年寨，凭着天险进行顽强抵抗。明军久攻七年寨不下，周德兴采用分化瓦解办法，给覃垕的叔父和女婿封官许愿，让这二人效力围剿覃垕。覃垕的女婿朱思济被封了"毅用元帅"。朱思济在一天夜里来到七年寨，对覃垕劝道："好汉不吃眼前亏。今七年寨被围已久，孤军在此固守，实难持久。我的家乡慈利九都有个观音寨，千军万马打不开。何不留一部分人守此，你亲去九都观音寨，以为犄角，再作良图。"覃垕思索了一下，觉得女婿的话有道理，乃点头道："就依此计，我们去观音寨吧！"说毕，留下一部分人守七年寨，就亲自带着贴身护卫何英、姚祖，当夜用葛藤掉下岩壁，直向慈利九都观音寨方向走去。那何英和姚祖暗中也被朱思济买通，一行人来到金岩寨边的灭亲垭，路旁草丛中忽然冲出一队人马，一个个大叫道："不许动，快快受缚！"

覃垕一惊，他急忙叫道："我的护卫何在？"

何英和姚祖同时应声而道："主公莫怪，我们已降明军，你也投降吧！"说毕，两人就动手将覃垕用绳子五花大绑了起来。覃垕至此才明白自己被女婿和护卫出卖了，他不由得大骂不已，然而任凭他怎么骂也无济于事，他的女媳和护卫将他解到关门岩囚笼峪，把他关进了一个铁制的站笼。然后由明军用船解往了南京。

在京城被审讯关押了一段后，覃垕最终在当年的农历六月初六日被朝廷处了凌迟死刑。何英、姚祖因卖主求荣亦被杀。覃垕的叔父因镇压十八峒蛮有功，被朝廷封了茅岗安抚司使。后来，土家族人民为了纪念覃垕，每到六月初六日，家家户户都要晒棉衣，说是"为覃垕晒被"或"晒覃垕的龙袍。"六月初六也就渐渐演变成了当地土家族人的传统节日。

第九章　乐哈俾被杀结世仇
彭世麟联姻两江口

覃垕在京师被杀后，湘鄂黔边境一带的土家族的大小土司，先后都一一归附了明朝廷。时有彭师呆的第二十代孙彭万里，因追随明太祖朱元璋出征，在决战鄱阳湖的战役中，连接舟师纵火焚敌，立下了战功，朱元璋授给他武略将军，并诏升保靖安抚司为保靖宣慰司，从此，彭万里成了保靖第一任宣慰。此前，保靖虽为土司世袭，但自彭师呆之后的十八代世袭子孙，其族谱仅有世系而已，事迹及承袭年代，正史、杂史亦不见记载。所以，彭万里其人便成了保靖土司承前启后的一个关键人物。

彭万里任保靖宣慰使时，辖有白崖、大别、大江、小江等二十八村寨。大约过了一、二十年后，彭万里病逝，其子彭勇烈继位。彭勇烈在位不久猝死，其子乐哈俾年幼袭位。这时，彭万里弟弟彭麦谷踵之子大虫可宜，担任副宣慰，起了篡夺之心。一日夜里，大虫可宜将儿子彭忠、孙子彭武及赵大元等几个心腹招来商议道："今勇烈已死，乐哈俾年幼无知，不能掌管司政，我们可入主宣慰司，若有不从者，格杀勿论。"

其子彭忠犹豫道："夺了宣慰司权，只怕勇烈弟弟勇杰不会甘休，他现占有七个村寨，不可小觑。"

"怕什么，彭勇杰乃有勇无谋之辈，我们先下手将宣慰司占据，把乐哈俾干掉，彭勇杰就无可奈何了。"赵大元如此建议道。

"对，事不宜迟，夺司权得捷足先登。"

彭大虫可宜下了决心，即命赵大元率一支蛮兵到宣慰司处，抢先下手，将那乐哈俾捉住杀了，然后宣布拥戴彭大虫可宜为宣慰使。同时占据乐哈俾所据的村寨。

此时，在白崖居住的彭勇烈之弟彭勇杰，闻知乐哈俾被杀，大虫可宜篡了权，不禁怒火填膺。他率领七个部寨蛮勇，来到宣慰司处，将大虫可宜生擒捉拿了，然后上表解进辰州，朝廷闻讯，将大虫可宜的副宣慰革了职，大虫可宜最后被关押死在了狱中。

接着，彭勇杰当了宣慰。他死后，其位传给南木杵，南木杵再传子彭宣宗，彭宣宗传子彭仕珑。而大虫可宜死后，其子彭忠仍拥有十四寨，彭忠传子彭武，彭武被朝廷征调有功，曾被授为两江口长官。彭武传子彭胜祖，彭胜祖又传至儿子彭世英。由于彭勇杰和大虫可宜结下冤仇，这两家的后代从此一直相互对立仇杀不止。

再说永顺土司彭万潜自元至正九年袭安抚司职后，在任十九年，于明洪武二年（1369年）卒。其子彭添保接着袭职。洪武五年，彭添保归附明朝，被敕升永顺等处军民宣慰司使之职，统辖有五州、六司、五十八旗、三百八十峒苗蛮。彭添保在位三十四年，为扩展永顺土司的实力及巩固其地位奠定了相当好基础。其后，其子彭源及孙子彭仲顺延继任，三十余年间，仅能守成而已。再往下传至彭世雄之后，永顺土司便开始以骁勇善战著名。明朝廷几乎连年都要征调永顺司兵去围剿叛乱蛮酋。彭世雄自明正统元年（1436 年）袭职至天顺六年（1462 年）止，在任二十六年，先后征过大小荷莲、篁子坪苗、贵州东苗等十多处地方，为朝廷平息边乱立下了汗马功劳。

继彭世雄之后的土司爵主是其长孙彭显英，此人文武双全，在生拥领其众，亦建有不少功勋。早在天顺二年（1458 年），彭显英随其祖父从征交洞时就立过战功，成化十三年征贵州东苗获大捷，被朝廷进散官一阶，并获皇上赐敕奖劳。成化十五年彭显英致仕后，在猛洞河畔修建过一栋别墅，为后人留下了一处可观的建筑杰作。

弘治五年（1492 年），彭显英病逝。他的两位儿子曾先后继承其位。在数十年间亦轰轰烈烈立过无数战功，在当地显赫过一时。这两位儿子出生时，分别以麒麟命名，即长子彭世麒，次子彭世麟。麒麟是书上称宝贵祥瑞动物，彭显英以此命名，自然也期望儿辈能干出一番大业来。彭世麒兄弟倒也不负父望，两人在生团结和睦，同心协力，在带兵征战中各立有卓著战功，为此多次获得过朝廷奖赏。

弘治五年冬，施州银山岭蛮酋白嘴俾、谭景隆等发起叛乱，彭世麒奉命出征，不到两月，即把两个叛酋首领擒拿解官。第二年春，又征调贵州都清，将其地征服。弘治七年冬，彭世麒奉敕进阶昭勇将，皇上赐其夫妇诰命。弘治十四年七月，彭世麒自愿奋身报效，奏请敕征武岗叛苗，继征贵州普安州，两处平定后，奉敕获褒奖。弘治十七年五月，彭世麒命其弟征广西思恩府。此役俘获叛酋岑浚，解验奏捷。正德元年，朝廷论功，皇上下诏，授彭世麒为昭毅将军，赐红织金麒麟服。彭世麒获此赏赐后，当即把弟弟彭世麟唤来商议道："广西征战，是你建功，我不能冒功领赏，皇上所赐麒麟服，理应归你，宣慰使一职，我亦愿意让位。"

"这怎么行！"彭世麟忙推辞道，"弟代兄劳，礼应乃尔。这麒麟服是皇上专赐给你的，我怎么能领受。你还是别逊位吧！我会尽力辅助你当任。"

兄弟俩如此谦让了一阵，彭世麒见其弟执意不受，便又说道："明年我亲自去朝廷献贡物，那时向皇上再申请由你袭职，皇上若批了，你就不必推辞了。"

"到那时再说吧！"彭世麟回道。

彭世麒遂决意逊位其弟。这个冬天，他便下令各峒寨选送名马、山珍等贡物，准备第二年春亲去朝廷献贡。

有一天，保靖两江口长官司彭胜祖忽然派了一位总管王波到了永顺。彭世麒在衙署作了会见。

"王总管，你是稀客啊。"彭世麒说。

"彭爵主，我此来是给你道喜的！"王总管回道。

"何来之喜呀?"

"我们长官司主爷愿把女儿小菊嫁给你,他特意命我来做倒媒,你看这是不是大喜事!"

"啊,有这样的好事,倒也是一喜!"彭世麒随即应道,"你们司主的女儿肯定长得漂亮啰?"

"那当然,彭小菊是我们两江口的一枝花。"

"贵司主为何愿嫁女儿给我?"

"因为你大名鼎鼎,谁不爱慕。我们两江口司主就想攀你这个高亲嘛,咱们结好之后,可以相互关照,共御外敌,你说这门亲好不好?"

"好!我就答应这门婚事,你回去禀报,看何时能完婚?"

"只要你愿意,我回去请个算命先生算算,选个吉日就办喜事。"

"好,你去选吧。"

王总管高兴地回去,向司主彭祖胜作了禀报。接着请算命先生一算双方生辰八字,最后选定了腊月初八为完婚吉日。王总管即把这个日期派人告诉了彭爵主。

到了腊月初八日,永顺宣慰司使派了百余人的接亲队伍不到两江口,将那数十匹绫罗绸缎和不少金银器物等聘礼送给新娘家,然后敲锣打鼓,抬着轿子将新娘接回了永顺老司城。当日土司宫内张灯结彩,一片喜庆气氛。爵主彭世麒穿着红麒麟服,显得英姿富贵,新娘穿着五彩锦衣,犹如天仙下凡。新朗新娘面对天地祖宗神牌行了跪拜之礼,尔后夫妇对拜,然后双双进入洞

74

房。是夜龙凤交合，一番云雨，免不了都销魄荡魂。

婚后，彭世麒与夫人感情十份融洽。转眼过了年后，彭世麒要到京城去献贡物，新娘子十分难舍。"我会很快回来的，你在家好好待着。"彭世麒安慰着夫人。

半月后，彭世麒带着随从将几百匹名马和大量山珍野物献给了朝廷，明皇帝在宫殿内作了接见。

"启禀皇上，臣有一事相求。"彭世麒在行跪礼后奏道。

"有何请求，请讲。"

"我有一个兄弟彭世麟，去年领兵征广西取得大捷，他的本领比我高强，我请求逊位给他，请皇上恩准！"

"啊，你愿逊位让爵位于弟，此善心难得。"皇上点头答应道，"多少亲眷为了爵位相互争夺，结下深仇，而你愿主动退位，此诚意可嘉，朕可满足你的请求，即准你弟袭职，你退位后，可当致仕宣慰。"

"多谢龙恩！"

彭世麒得到皇上批准，随即告辞回去，将皇上的御旨转告了其弟。彭世麟见兄长一片诚意，皇上也同意了，乃点头奉敕接受了袭职。其时是正德二年初。

彭世麒逊位后，偶然发觉夫人彭氏时时沉思不语。有天晚上他便问她道："你有什么心思吗？为何默不作声？"

小菊乃对他道："夫君有所不知，我是为父母家的一桩心事而生忧愁。"

"你父母何忧之有？"

"我父已经年老，他怕儿子没有官职承袭而不安。"

"怎么，你父不是两江口的长官吗？他只要传位给儿子就可以了，为何担忧儿子不能承袭呢？"

"你不知道，我们两江口长官司受保靖宣慰司节制，保靖司与我们两江口长官司结了世仇，我父担心他死后，保靖司会干预他儿子承袭，以此放心不下，只是忧愁。"

"原来为此事，可不必担虑。"彭世麒安慰她道，"待我给朝廷上书，请求皇上准予你父子承袭，这事不就好办了!"

"说得有理!"小菊十分欣喜地说，"只是此事有劳夫君帮忙才能促成也。"

"这没问题，毕竟我是你父母的女婿呀!此事就这么说定了。"

过了数日，彭世麒果然给朝廷写了一封奏书，请求皇上恩准两江口长官司准予世袭。皇上核批照准实行。批文颁下，两江口长官彭胜祖与其子彭世英欢欣不已，而保靖宣慰司使彭仕珑却十分沮丧。从此两家仇恨益甚。相互攻讦不止。双方所辖土民亦各分乡党相互仇杀累年不决。彭世麟也站在彭祖胜一方，不断向朝廷奏诉，主张制裁保靖宣慰司。明朝廷为双方争讼多次调解无效，乃于正德五年各罚米三百石，以此不了了之。

明正德七年，彭世麒奉令又到贵州铜仁府征剿平叛，其役获捷而归。正德十一年秋八月，彭世麒奉敕再征广东，在鱼黄寨生擒僭号延溪大王龚福全，将其解送官府处斩。时有总制王尚书给朝廷报称："统兵致仕宣慰使彭世麒，素称儒雅，久著勋劳，养高林下，犹深报国之诚，同苦行间，复建平之绩，所过无取粒之扰，接让获安靖之体，合行犒赏，以励忠勤。"正德十三年，彭世麒又为朝廷献大木数百根。朝廷升他为湖广都司都指挥使，赐大红蟒衣三袭，随因彬桂劳绩，加升散官品级，授龙虎将军上护军，赐诰命正一品服色。正德十五年，又经吏部会勘，题请圣旨，特赐牌坊，名曰"表劳"。檄行辰州府劳支工价，差官赍送，钦送监造，上刻玉音，敕赐并表劳二字，以彰圣典。彭世麒这时可谓功勋卓著，犹入仕途巅峰，意气风发之下，乃在永顺颗砂修建了二处新的行署和别墅。恬退之余，便常居颗砂颐养天年。

第十章　佯许婚生擒蓝廷瑞
乞退位颗砂建佛阁

明正德六年（1512年），陕西汉中府僭号顺天王蓝廷瑞刮地王鄢本恕等二十八人起义暴动，一时云集十余万人，置四十八营，声势曼延川陕。明朝廷派尚书洪钟总制川陕军务，檄彭世麟率八千士兵前往助剿。彭世麟率侄彭明辅等进至四川东乡县境，与官军一起将鄢本恕等部击败。

其时，彭世麟追敌暂驻东乡浪洋寺。一天上午，忽有三人骑马来到寺前，声称要见彭宣慰。守门士兵进寺作了通报，彭世麟乃传令召见。

"启禀彭宣慰，我们是顺天王蓝廷瑞的使者。"为首一人进寺后自我介绍道，"我叫蓝本和，是蓝天王的副将。"

"呵，蓝廷瑞派你们来干啥？"彭世麟略觉意外地问。

"我们王爷造反起义，现在要对抗明军，特到贵地来联系，欲与你司结秦晋之好。蓝王爷愿将女儿嫁与贵宣慰，不知宣慰意下如何？"

"有这等好事吗？"彭世麟点点头道，"你们蓝王爷一番好意，本宣慰怎能拂逆。不过，蒂结婚姻乃人生大事，不可马虎。此事待我稍作商议再给你回复，你且请在本府稍息一晚如何？"

"行啊，我等着你的回复。"

彭世麟遂唤人来，安排蓝本和在军中住了一晚。当日晚上，彭世麟即召副将向民坤、中军长官朱卫祥等商议道："陕西蓝廷瑞反明起义，现被官军追剿，逃到了四川。他派使者来，表示愿将蓝廷瑞的女儿嫁给本宣慰，欲与我司结秦晋之好，此事该如何应对，还请诸位提出高见。"

"这是个好事嘛！蓝廷瑞愿意将女儿奉送，爵爷艳福不浅，你可照纳不误！"中军长官朱卫祥笑着道。

"蓝廷瑞反抗朝廷，我若娶了他女儿，岂不等于也宣告和朝廷作对？官军若追究起来，这罪名总能担当得起？"

"不要紧，我有一计。"向民坤接着道，"爵爷你只管答充这门亲事。保证官方不会怪罪，弄得好还会立下功。这办法就是以办喜事为名，承机把对方头目一网打尽，然后再解送朝廷，由官方去发落。"

"嗯，此计可行。"彭世麟点了点头。几个人就商议妥当了。

第二天上午，彭世麟便召见蓝本和道："本宣慰经过深思熟虑，愿意与你们蓝王爷结秦晋之好。还望你回去转达。"

"宣慰应允了，那就好办。我回去转告蓝王爷，到时再择期把女儿送来完婚。"

　　"好吧，这里有点聘礼，你且带回！"彭世麟说毕，副将向民坤即把一盒金银及几套衣物递了过去。

　　蓝本和接礼在手，即告辞出了司去。

　　数日后，双方又经进一步商议，择定了一周后的一个黄道吉日正式举办婚礼。

　　是日清晨，蓝廷瑞、鄢本恕等首领带了千余人，抬着新娘，浩浩荡荡地到了浪洋寺。蓝廷瑞将队伍驻扎在寺外的河边，到浪洋寺内去只带了数十人的贴身护卫随行。

　　此时，只见浪洋寺内张灯结彩，锣鼓喧天，一片喜庆迎亲的热闹景象。

　　新娘子抬进寺后，司仪立刻主持举行了婚礼仪式。头上蒙着红盖头的新娘蓝小玉和穿着皇上钦赐织金麒麟长袍的新郎彭世麟，在众人的一片欢呼声中拜过了天地父母，再夫妻作了对拜。接着，新娘被送进洞房，蓝廷瑞等数十位宾客被安排到一个大厅内的宴席上，开始大吃大喝起来。

　　酒过三巡，众人喝得正微醉之时，彭世麟端着酒杯又亲来大厅敬酒道："诸位亲朋，今日是个大喜之日，大家只管敞开肚尽情喝酒，我这里给大家共敬一杯！"

　　"好啊，干！"

　　众人一道欢呼着，一起举杯各喝了一杯。

　　蓝廷瑞此时站身举杯道："彭宣慰，从今日起你是我的女婿，咱们可要共同对抗官军。为我们今后共同合作对敌，咱们把这一杯一起干了吧！"

彭宣慰道："我们虽然结成了亲家，但对朝廷我不能背叛。你若要我共同对付官军，那可办不到，这杯酒看样子不能喝！"

"什么？你不愿和我共同对抗朝廷？你不是答应过吗？为何竟又反悔了？"蓝廷瑞疑惑地问。

"嘿嘿，你还不明白吗？"彭世麟皮笑肉不笑地说："你奉送女儿给我，用意只为一起反抗朝廷，但我不会上你当的。实话告诉你们，我今日就是借办喜事来擒拿你们，若识相者，就请快快受缚吧！"说罢，将手中杯子朝地下一摔，早已埋伏在大厅外的上百壮勇，立刻冲进厅来，将宴席上喝酒的蓝廷瑞及十多个大小头目们全都捉拿捆绑了起来。

"哼，我们上当了！"蓝廷瑞气得大叫着，"彭世麟，你这个没良心的东西，怎么这么不识好歹！我把女儿嫁给你，你倒这样算计我，你真不是个东西！"

"你骂吧！"彭世麟哈哈笑道："送女儿给我是你自愿的，我怎能不好好享受？你放心吧，对你女儿我不会虐待她的，我会照顾好她。但你是朝廷缉拿的贼首，我不能不捉拿归案！"

蓝廷瑞做梦也没想到，他会栽在这永顺土司的手下。他还寄期望于浪洋寺外的部属冲进宫内来解救。但是，彭世麟对此早已有所布置，他手下的中军长官朱卫祥，只等宫内一动手，就指挥数千蛮勇猛击，将那城外驻扎的蓝廷瑞的上千人马冲得七零八落，一气斩杀了七百余人，只有少数人泅水过河才得以逃脱。

彭世麟接着派人将蓝廷瑞鄢本恕等人解押到官府，交给了官军去发落。朝廷以彭世麟征剿贼首有功，特又赐敕奖谕。皇上特旨授彭世麟昭武将军并赐夫妇诰命。

　　明正德七年，彭世麟同侄儿彭明辅又率部到河南和贵州铜仁府等地征剿，先后生擒千户任伦、石王俾等叛酋。明正德十年，因朝廷营建陵墓需大量木材，彭世麟自备帑金，采伐大楠木四百六十根，亲自督运至京。朝廷嘉其忠，又赐其飞鱼服三袭，并降敕奖励。在明武宗见时，彭世麟又当面奏请道："禀皇上，臣因母亲年迈，需躬亲孝养，特请乞休，并传爵位给我侄彭明辅。"

　　武宗皇帝笑道："你们兄弟美德可嘉，都愿功成身退，主动让位。朕亦满足你之心愿。请敕特予照准。"

　　"谢皇上厚恩！"

　　彭世麟伏跪在地，再三叩头拜谢之后，便告辞出了宫。

　　回到永顺后，彭世麟便将侄儿彭明辅和兄长彭世麒招来商议道："我这次进京面见皇上，已奏请皇上同意让我退位，我决定把爵位传给明辅，大哥你看如何？"

　　"你还年富力强，为何急着退位呢？"彭世麒道。

　　"我不能耽误侄儿前程！"彭世麟诚恳地说，"明辅年轻有为，他随我多年出征，立下无数勋劳，这爵位理应早传给他。"

　　"不，叔你莫急。你在位治司政有方，还是再任职几年吧！"彭明辅也谦让劝道。

　　"我意已决，你还是准备承袭！这也是奉敕行事！"彭世麟又解释道。

　　"即如此，那就不必推辞了。"彭世麟最后感叹地说，"我们土司世袭理应相互谦让，不搞争权夺利，这爵位才能承继久长！"

于是，彭世麟乃择定正德十年冬一个佳日，将那宣慰使爵印正式作了移交。彭明辅随即承袭。

彭世麟退位后，在颗砂行署之东乃主持修建了一座佛阁，内置观音一尊和几座佛像。其地被命名为蟠桃庵。彭世麟恬退之余，常在此拜佛并为母求寿。正德十六年，又在老司城观音阁铸香炉一鼎、铜钟一口，钟上铭曰：

维虚有容，厥声斯洪。

随其矸扣，应之无穷。

以启昭昭，以觉梦梦。

晨昏之节，永惟茂功。

彭世麟和其兄彭世麒，晚年都功成身退，修庙并信佛，做了不少善事，至今永顺老司城各处，还留有二人在位时传下的文物遗迹。

第十一章　唐寅题诗传后世
彭惠削职任巡检

再说彭明辅接任宣慰使职时，年仅二十岁。因为少时随叔父多次征战，到二十岁时已是一位出色将领。正德十二年冬（1517年），彭明辅又奉敕率部先后征服贵州香炉、上尧等地，擒苗蛮阿房、阿傍、阿浪等首领，并解官查验斩首。第二年春，明朝廷奖励其功，升他为正二品骠骑将军，赐大红飞鱼服三袭。彭明辅班师获奖回来，不数日，忽有号称江南第一才子的名士唐寅一行几人到了老司城。彭明辅特在宣慰司署作了召见。双方致礼毕，彭明辅即问："唐才子，久仰你大名，惜未曾睹面。今日缘何到此？"

唐寅回道："我辞官回乡，即有志云游各地，今从长江入洞庭，逆酉水到了王村，听说永顺宣慰司近在咫尺，特慕名而到贵司拜访。"

"我处蛮夷之地，多为荒僻山林，恐君无多观览。"

"不，我从王村一路游来，但见处处奇山异水，此地风光，只怕天下少见也。"

"君若欣赏，不妨多住几日，把此地饱览一番如何？"

"幸甚！幸甚！"唐寅又道："我且游玩数日，再去蜀地观览。"

彭明辅遂吩咐总管安排唐寅一行在客栈住下，然后又派掌管文书的土官田仁汇作向导，带着唐寅在灵溪一带游览了三日。唐寅游玩后，一气写下了十余首诗词。临别，他将这些诗词墨迹赠给了彭明辅，后来因世代相传，这些诗竟多佚失，唯有一首《雅草甘泉》传了下来。其诗曰：

> 天外浮云总渺茫，山间流水玉辉光。
>
> 千条碧练悬崖落，一道银河到海长。
>
> 和月掬来还有影，带花归去岂无香。
>
> 随流好景华阳洞，莫向天台问阮朗。

却说唐寅走后不久，彭明辅在土司衙署整饬司政，每日必上殿亲理司事。忽一日，保靖两江口长官司主彭惠亲来永司拜会道："彭爵主，保靖宣慰司与我长官司曾结世仇。其司主彭九霄早欲吞并我长官司，他们不断派兵扰我山寨，我司兵寡力薄，现欲请你带兵相助，以与彭九霄的兵士决一雌雄。君觉可行否？"

彭明辅想了想道："保靖司与我司无冤无仇，我若带兵助战，没有奉敕行事，必受官府追究，而难脱干系。"

彭惠又道："你不带兵助战，要么借兵与我亦可。"

彭明辅道："借兵可以，但不能外泄。"

"这我明白。"

"你要借多少兵？"

"一千人吧！"

"要这么多？"

"人少了难取胜啊！"

"那就借一千！"彭明辅应允了。

彭惠随即感谢告辞。

过了数日，彭明辅便派副将王铎带一千兵到了两江口。彭惠自己又点了千余人马，连同永司兵一起，浩浩荡荡直向保靖司的甘溪寨杀去。甘溪寨土民猝不及防，顿时被杀死杀伤了三百余人。寨主向永泽仓促逃至保靖宣慰司署，向司主彭九霄告急道："彭爵爷，不好啦！两江口彭惠率部攻进了我寨。"

"啊？他们来了多少人？"彭九霄大吃一惊。

"来的兵马很多，怕有一两千。"

"给我传令，五营兵马全部出动！"彭九霄随即亲自上阵，带着三千余精锐亲兵长驱急驰，赶到甘溪寨，与两江口长官司的土兵展开了激战。经过数小时的拼搏，双方各死伤了五百余人。彭惠部虽有永司兵助战，但毕竟兵力略少，最后只得从甘溪搬兵回了两江口。

彭九霄见彭惠兵马撤回，也不去追赶，他将手下几个战将招来商议道："两江口的兵马好像不少，是不是有永司兵帮他们助战？"

"爵爷判断得对，我也怀疑永司出兵在助战！"一个副将接口说，"以往，两江口的兵没有这么凶狠。"

"永司与两江口是亲家，他们肯定会帮忙助战。"另一千总也分析道。

"永司敢插手，我们要到朝廷去控告。"彭九霄遂让司书草拟了一份诉状，将两江口长官司侵扰边寨和永顺宣慰司出兵助战的情况向朝廷作了申报。朝廷兵部大臣经请示皇上，决定特派御史吴廷举带兵去调查处置几个土司间的冲突矛盾。吴廷举带着大军来到两江口，先派人将土舍彭惠传来审问道："彭惠，你知不知罪?"

彭惠道："我有什么样罪?"

吴廷举道："你不听朝廷劝告，屡番与保靖土司相厮杀，土民死了那么多，你说你有没有罪?"

彭惠道："这罪不在我，而在保靖土司彭九霄，他与我先世有仇，我们之间水火不相容，两方乡党各相仇杀，这怎能只怪罪我一方?"

"不管你怎么狡辩，你应负主罪!"吴廷举道，"朝廷派我来解决你们双方的冲突问题，我请你来是要把你们的情况查清，在没解决冲突之前，你不得再乱动。"

"我没错哩!"

"还说没错!"吴廷举一挥手道，"把他押下去，等候处理。"

"走!"几个侍卫抓着彭惠就出门外强行押走了。

"唤彭九霄!"吴廷举又吩咐一个亲信道。

那亲信带着吴廷举的金牌，当日又到保靖司唤来了宣慰使彭九霄。

　　"彭宣慰，你和彭惠间的仇杀该结束了！"吴廷举道，"朝廷派我来解决你们间的争端，我已决定报朝廷将两江口长官司取消，让彭惠迁入辰州去居住，你觉如何？"

　　"好！我赞成这个办法。"彭九霄道，"两江口因为先世与我祖结仇，至今和我保靖司仇杀不止，永顺司与其联姻，又不断出兵帮他，使他有恃无恐。吴大人洞察英明，把两江口长官司撤销，才能真正解决问题。把彭惠流放到辰州监住，我非常赞成。"

　　"两江口长官司虽撤销了，但这几个寨子是他祖先留下的遗产，我看要划归保靖司直接管辖，还应该由保靖司出价补偿，你说呢？"

　　"出点钱我都愿意，只要把两江口的长官司注销。"

　　"暂时就这样决定，待我报给朝廷，皇上若批复允准，就照此办法执行。"吴廷举顿了一下又道，"此事若解决了，你可要感谢朝廷啊！"

　　"我知道，只要把两江口的问题解决，保靖司随时愿意听从朝廷召唤。"

　　"嗯，我还告诉你，最近广西出了一个大贼首岑猛造反，闹得正凶，朝廷欲派你司出兵征讨，不知你愿意去否？"

　　"愿去！为报效朝廷，虽肝脑涂地，我在所不辞。"

　　"好！你回去等着听令吧！"

　　彭九霄遂告辞走了。吴廷举又派人到永顺，将宣慰彭明辅传来道："彭宣慰，我这次来是奉命解决两江口的问题。据我了解，你们永顺司与两江口结有婚姻纽带，所以你司一直帮着两江口仇杀保靖司。此事不能再这样对立下去了，我决定报请朝廷撤销两江口长官司，将彭惠迁居到辰州或常德去居住，这样才能从根本上解决问题。"

"不，这不太便宜保靖司了？"彭明辅道，"吴大人怎能这样偏心？"

"不是我偏心！为了朝廷的大局利益，你应理解支持。"吴廷举接着又道："当然，两江口长官司撤销后，我会要保靖司多出点银子，以给彭惠补偿。彭惠那方，我也会将他好好安置。总之，你们永顺司与保靖司之间，不能再闹纠纷了，现在国家局势动荡不安，广西有贼首造反，苏松的倭患严重，朝廷正计划抽调永顺和保靖司的兵力去征剿讨伐，你可要作准备啊。"

"为朝廷效力，征调剿贼我们永顺司义无反顾，但两江口之事，还望吴大人一定要处置妥当才好！"

"这你放心，我一定会秉公处理，妥善安排好。"

两人谈至此，彭明辅告辞走了。吴廷举遂按计划上书朝廷。提出将彭惠流放到常德或辰州监管起来，另要保靖宣慰使彭九霄出钱购买两江口几大寨子。朝廷经皇上审定，以为把土舍彭惠监押到内地居住，容易生乱，要求廷举再议。吴廷举遂又提出了第二套方案，即把大江口右五寨划归保靖宣慰司管理，大江口左二寨设大刺巡检司，由流官一人主政，给土舍彭惠安排一个协理巡检职位，其他行政上由辰州府管辖。此方案报至朝廷，皇上觉得可行，乃执御笔，下诏批复同意了这新的管辖方案。从此以后，永顺司与保靖司的矛盾关系，终于渐渐趋向了缓和。

第十二章　出征广西剿岑猛
班师回藉赶尸还

嘉靖五年（1526年）初夏，一个阳光灼热的上午。

保靖土司城内，上万士兵执着鸟枪、土炮、长矛、大刀等各种兵器，齐聚在校场坪内，等候着新任宣慰司使彭虎臣训话。

披着钦赐的大红莽衣的彭虎臣，站在阅兵台上有些不知所措，因为他还从未统帅过这么多的兵，他也不知自己该讲些什么内容。

站在一旁的他的父亲彭九霄，用一种鼓励的眼神看了看他道："你只管讲吧！"

彭虎臣终于亮开嗓子大声说道："士兵们，皇上下了诏书，调我们土司兵勇去广西征剿叛酋。大家要戮力同心杀敌，不要当怕死鬼。谁杀敌多，我还要计数奖赏，计数的办法是割敌人耳朵，割两只耳朵算打死一个敌人，大家听明白了没有？"

"明白！"众兵士齐声答着。

彭虎臣说毕，彭九霄又大声训话道："昨天我已把宣慰使职传位给长子虎臣，这次出兵就由他统带，我也会帮他掌好舵，大家都要听令，违者必斩！"

训话之后，众士兵便按序出发了。这时有很多亲眷都来送行，彭虎臣的母亲冉氏也来到校场，对丈夫彭九霄、儿子彭虎臣、彭良臣饯行道："你们父子仨都去了，我真舍不得啊！"

彭虎臣道："爹，要么你还是留下别去吧！"

彭九霄道："我不去怎么行！你太年轻，没有打仗经验，我怎能放心，老夫只有亲自上阵，你们就别劝了吧，夫人，你赶快回去，这宫里的司事不交给你了。"

"你硬要去，那就去吧！家里我会给你看好的，只是你们要一齐同回！"冉氏夫人叮嘱道。

彼此叮嘱后，彭九霄父子仨便上马出发了。跟随在后的中营紧紧相随，通往山城外的官道上，扬起了一股铁蹄踩过的灰尘。

数日后，另一支约五千人的永顺土司队伍，由彭明辅的长子彭宗汉统带，也踏上了远征广西的路途。

约一月后，保永两支土司队伍先后经南宁到了田州附近。田州，古为百粤地，汉属交趾郡，唐隶邕州督府，宋始置田州。其地世袭土官为岑氏。洪武元年，田州土官岑伯颜举州降明，明太祖诏以伯颜为田州知府。其后传五代至岑猛。嘉靖二年，岑猛率兵攻泗城，拔六寨，声势浩大，震动朝廷。明世宗诏以都御使姚镆为两广巡抚总督，征调保靖、永顺土司和江西汀、赣畲兵前往助剿。当几支队伍先后开至田州附近时，岑猛连忙召集众头目商议对策道："今官府所调大军已逼近边关，诸位有何破敌良策？"

"兵来将挡，水来土掩！我们只在拼死一战了！"千总王诏韦应道。

"对，我们先要挫挫湖广土司兵的锐气。"副将赵响接着道，"保靖、永顺兵远道而来，乘其人马疲劳，我们可主动出击，在罗堡一带去伏击。"

"好，此计妙也！"岑猛点头赞同道，"就由你们二位前往罗堡抵御设伏，给永、保土司兵一个下马威！"

王诏韦和赵响遂领兵来到罗堡，并在一处峡谷边设了埋伏。当日下午，保靖土司的前锋虎豹二营千余人，气势汹汹地进入了峡谷之中。突然间，只听一声炮响，埋伏在两旁山上的田州兵勇，顿时高喊杀声，用鸟枪和弓箭骤雨般地射向峡谷，虎豹二营的兵勇猝不及防，立时被射倒了一大片。先驱副将彭良臣急下令向后撤退，不料退路又早被伏兵堵住，双方于是在峡谷中展开了拼死搏斗。激战半小时后，幸而彭虎臣率五营中军赶到，田州兵抵挡不住，乃向罗堡退去。

彭虎臣挥兵再追，在罗堡遇到顽强阻击，于是，停止进攻，并布营将罗堡包围起来。

王诏韦和赵响设伏击未能取胜，此时被困罗堡，亦觉难以守住。当天夜里，二人商议一番，决定乘夜向田州突围。谁知彭虎臣早已布好阵势，待王、赵人马刚刚打开罗堡寨门，就迎头发起进攻。将那欲外逃的田州兵全部围困擒捉。王诏韦和赵响则在抵抗中被斩杀。

攻下罗堡，保靖土兵继续向田州推进。此时，巡抚姚谟所带官军和永顺土兵、汀、赣、畲兵等都相继赶到田州，几万大军对田州形成了三面合围之势。

而对强兵压境，田州首领岑猛畏惧了。他先派人到姚巡抚处诉说、阵述自己并无反意，求姚镆缓兵，姚镆不信，督兵益急。岑猛思无退路，乃悄然逃奔到顺州知州岑璋处躲避，岑璋有一妇曾嫁岑猛为妾，因其女失爱岑猛，岑璋遂施毒药将岑猛鸩杀。

岑猛死后，田州很快被官军占领。姚巡抚派了参将张经领兵万人驻镇此地，另委知府王熊兆署府事。各路调征土司兵陆续班师回乡。保靖土司兵亦奉令回返。其时已至七月，骄阳如火。土兵连月来长途跋涉参战，许多士兵不服水土，中了暑疾。宣慰使彭虎臣亦在回返途中病倒了。是日夜里，彭九霄来到其子床前探视道："今出征大功告成，我儿你要挺住，我们很快就能回家了。"

"不……我不行了！"彭虎臣挣扎着对父亲说，"爹，你自己多保重！我死后，可由良臣来袭职。"

彭九霄浑浊的眼睛里流出了几滴泪水，他的长子就在这日晚上病死了。因其病死之处是个不毛之地，其尸体如何处置成了一大问题。彭九霄想，不能让儿子一人客死他乡，成个孤魂野鬼。但要把尸体运回去又路途遥远天气炎热。正急得不知如何是好，一位随军的老兵钟轩说："爵爷不必忧愁，我会当梯玛（老司），可用赶尸法将主爷遗体送回。"

彭九霄疑惑地问："你真有这样的本事？"

钟轩道："我不会哄你，这赶尸之法，乃我辰州符祖传秘诀，外人不可窥知。你若信我，就把遗体交我处置，我需夜行昼伏，沿路不能见生人，所以你们不必跟我行。"

"嗯，就照你所说，让你处置。但不知你还要帮手否？"

"我有两个弟子，他们可随我一起施法。你就尽管放心。"

彭九霄遂点头作允。

钟轩即把两个弟子叫来，不一会，三个人将那遗体摆弄了一番，钟轩念念有词地诵了一篇咒文秘诀，然后端碗猛喝一口神水，"卟"一声喷于死者身上，口里叫一声："起！"就一手扶那尸体站了起来。又往死者头上戴上一顶旧草帽，遮住死者的脸，再喝一声："走！"那死者果真就迈开步子向前移动。且步子越迈越快，只是这死者只会走直路。若前面碰到路人，梯玛在后会大叫："牲口来了，快让开！"路人赶紧避让，死者就从容走了过去。如此走到天亮时分，梯玛一行人会找到一处房舍，将死者引入门后隐藏起来，到天黑才又继续赶路。如此夜行昼伏，约十余日后，钟轩一行果真将彭虎臣的遗体赶回了老家。接着，彭九霄亦领兵赶了回来。冉氏夫人见到儿子的遗体，不免悲恸号哭。土司总管速将一副楠木棺材找来，将彭虎臣的遗体盛殓了，尔后又做了七天七夜道场，方才将棺材抬上山隆重作了安葬。

办完彭虎臣丧事，彭九霄又主持袭职仪式，让次子彭良臣继任当了宣慰使。彭良臣上任不到一年上，广西田州又发生变乱。此次是岑猛的部将卢苏、王受聚众二十万进攻田州。张经所统官军抵御不住，最后只得撤往向武，田州府遂被攻陷。叛乱发生后震动朝廷，明世宗乃诏南京兵部尚书王守仁总督军务，又疏调永顺、保靖土司出兵再征田州。其时永顺土司兵为宣慰使彭宗舜遂袭其位。保靖土司兵则由彭良臣统带，其三弟彭尽臣亦率兵3000跟随征剿。是年初冬，当永、保土司兵相继开到南宁之后，总督王守仁忽下令土司兵解甲休养，待间而动。原来，王守仁历来威名素重，诸蛮心慑，乃遣头目黄富等到南宁诉告，表示自愿归境投生，乞宥一死。王守仁遂给朝廷上疏，陈用兵利害，主张罢兵行抚。朝廷采纳其议。王守仁乃应允卢苏、王受的投诚请求，决定免其一死。越数日，卢苏、王受率数百头目来到南宁城下，并囚首自缚，赴军请命。时有大臣奏议道："朝廷即赦尔罪，尔等拥众负固，骚动一方。若不示罚，何以雪愤？"王守仁即令下苏、受于军门，各杖一百，方解其缚。同时又训话道："今日宥尔死者，朝廷好生之德，必杖尔者，人臣执法之义。"众降酋皆叩首悦服。

　　过后，王守仁总督又经请求朝廷，决定立岑猛之子岑邦承袭担任田州土官，仍署州事。田州之乱自此始得平息。不久，保靖和永顺土司兵完成征剿任务，亦奉令返乡。

第十三章　征剿倭患建奇功
凯旋而归狂歌舞

从广西征剿回来，永顺、保靖土司休兵罢战，约莫过了二十余年的太平日子，到嘉靖三十年代初，苏州上海一带的倭寇又频繁活动，严重地威胁着东南沿海疆域。

嘉靖三十三年（1555 年）冬，一个雾气弥漫的上午。永顺司宣慰使彭翼南信步来到后宫花园赏花，那花园里种着玫瑰、兰草、菊花、牡丹、茉莉水仙等几十种花。此时已入冬季，别的花都已凋谢，唯有各种菊花开得正艳，颜色有红、紫、黄、白，一朵朵硕大迷人。彭翼南正看得入痴时，亲信舍把田志勇匆匆走来报告道："爵爷，皇上派人传旨来了！"

"啊，在哪儿？"

"在前厅等着哩！"

"走，快去接旨。"

彭翼南忙到前厅，就见一位着长袍官服的官员，带着几个随从很神气地站在厅中。

"你们是朝廷来的?"

"对。"那官员回道:"我是朝廷兵部守备刘焘,奉皇上令前来传旨。你就是彭宣慰吧! 快请听旨!"

彭翼南跪身在地,就听那刘守备展开手中黄卷,朗声念道:"朕念苏松倭患危害甚烈,谨令永顺、保靖、容美三宣慰速率兵勇前往征讨,务必剿灭为要。钦此。"

彭翼南叩头谢旨,然后站身问道:"皇上命我出征,我当万死不辞。但不知朝廷派谁来统领征剿大军?"

"朝廷已派兵部都统李经统一指挥。李都统命我专到永顺司督战,现在我就和你一起行动,请赶快作准备出发吧!"

"我要禀告下老爷爷,请你稍等。"彭翼南说罢,即到爷爷彭明辅住处,把皇上下旨征调的事说了一下。原来,那彭翼南的父亲彭宗舜已病死,其爷爷彭明辅是致仕宣慰。彭翼南从幼年袭位后,凡事都要和爷爷商量才能定夺。此时,他征询爷爷意见道:"爷爷,你看我该不该挂帅出征?"

"该去,该去!"彭明辅道,"皇上亲自下了旨,你岂能不去?不过,我孙年纪尚轻,你还才十八岁,统兵没有经验。爷爷要助你一臂之力,我们一起出征。"

"爷爷,你年纪大了,别去算了。"

"不,我不去怎能放心!"彭明辅道,"打仗还靠父子兵嘛!我们爷孙一块出征,一定能获得大胜。"

"也好,咱们一块去,有你掌舵,打了胜仗,那才过瘾好玩哟！"彭南翼还带着一份年轻人的稚气，他毕竟还只十八岁，不知道战斗之残酷。

"这打仗可不是好玩的事！"彭明辅又道，"沿海的倭寇狡猾凶残，你要多用心计。当头领者，光逞匹夫之勇是难胜敌的。"

"我明白，将在谋而不在勇嘛！"

"这就对了，虽说初生牛犊不畏虎，但我也要提醒你，不可马虎轻敌，要仔细用兵！"

"我记着了，爷爷请放心吧！"

爷孙俩这般商议了一阵，彭南翼便召来总理、五营中军长官及各寨旗长及亲信舍把等大小头目，把出征的任务作了安排布置，然后要大家分头去作准备。

三天后，各寨抽调的兵勇齐聚灵溪，彭南翼在临河的阅兵楼上作了检阅。这些兵勇各自备着粮草，所持武器多为弓箭大刀长矛等，此外也有少量火枪与土炮。彭南翼宣布了各营将领，然后钦点了三千将士作为先锋带兵出征，另有两千将士由其爷爷彭明辅统带随后跟进。

随着一声令炮响，五千健儿浩浩荡荡从灵溪河畔出征了。走在最前面的一对兵马打着一面镶有"帅"字的大旗。身着铠甲的彭翼南，骑上一匹高大的枣红战马，在众护卫的簇拥下，显得威风凛凛。其后紧随的大队兵马在山道上排了好几里路。

在永顺宣慰司兵马出征的同时，保靖宣慰司使彭尽臣和容美宣慰使田九霄各率领土司队伍也出征了。这三支土司队伍经过一个多月长途跋涉，相继到达了苏州常熟一带。

　　此时，都司李经派游击尹秉衡、守备朱荫统领永顺司兵勇；派总兵徐钰、参将唐玉统领保靖司兵勇，派留守朱仁、王伦统领容美司兵勇。三支土司队伍在苏松一带合击倭寇，首战在苏州府桃江地区，斩倭寇三百余级。第二年四月，永顺，保靖两司兵勇追倭至新场，倭寇二千余人隐伏不出。保靖宣慰使彭靖臣对舍把彭翅吩咐道："你带一小队人马去前面搜索一下，看倭寇是否隐藏在此地。"彭翅领命而去。他带着数十人来到新场一山凹处，忽有倭寇数百人从草丛中跳出，彭翅叫声："不好，我们中伏了！"说罢，挥剑与倭寇拼力血战，无奈倭寇人多，彭翅的几十人寡不敌众，全被倭寇斩杀而死。过一会，永顺司舍把田资，田丰等亦带二十余人深入其地侦探，也中了埋伏，全被斩杀。

　　保靖宣慰使彭尽臣见彭翅等人久去未回，乃引大兵前去新场搜寻接应，倭寇望风而逃。保靖司与永顺司兵尾随再追，至嘉兴县王江泾时，倭寇被保靖和永顺兵合力包围。经过一番激烈交战，两司兵勇共斩杀倭寇一千九百余级。至此，永顺保靖二司的官兵征倭取得了决定性的大胜。时人称其役"盖东南战功第一。"

　　过了不久，倭寇首领徐海率万余人在浙江大浦又焚舟以示死战。永顺、保靖、容美兵勇乘胜追剿。三支土司队伍于嘉靖三十五年八月先后到达大蒲。经过二十余次激烈交战，各部倭寇均被打败，总计擒斩一千二百余名。焚死倭贼不计其数。却说倭首徐海见大势已去，最后不得不投海自杀，结果被永顺司把总汪浩发觉了。即指挥几个士兵将汪海从海水中捞起生擒了，然后押至宣慰彭翼南处。彭翼南命人将其斩首。浙江地区的倭患，自此始得平息。

　　大浦一役，朝廷对参战各支土司队伍给予了嘉奖。保靖司宣慰彭尽臣和永顺司宣慰彭翼南在王江泾战役结束后，即被皇上授功提升为昭毅将军。因倭寇贼首徐海被生擒斩首，总督李经又下令奖喻曰："彭宣慰谋勇兼全，功勋大捷，仰各收兵俱赴嘉兴，听候宴赏。"各路土司率部到嘉兴汇集，南京兵部又谕："蕞尔倭夷连年内侵，东南要区屡遭屠戮。彭翼南闻调远赴，深为勤王之念，竭力效命，用成奏凯之功，元凶就戮，余孽悉平，功劳茂著，良可嘉赏。"工部赵总督在宴席上宣布道："彭翼南集难驭之苗，冒长江之险，为皇敌忾，捐躯报国，宜超咨赏，以励精忠。奉旨彭翼南升云南布政使司右参政。并赐花红银五十两，绢丝四表里，以旌懋功。"

　　彭翼南获此奖赏后，即乘胜班师回捷。当他回到灵溪故宫之后，土经历田正校对他道："爵爷，这回你带队出师打了大胜仗，我们应该好好庆贺一下，您看怎样？"

　　"应当庆贺！"彭翼南道，"承蒙祖宗显灵，庇佑我们出师打了大胜仗。今年过年后可好好乐一乐！"

　　经历见爵爷同意，遂向各寨发出邀请，定于正月初七至十二在土司城举行盛大的摆手舞活动。这种大摆手舞一般逢三五年才举行一次。小摆手舞则每年举行一次，时间只有一天一夜。

　　到了正月初七日，过完年后的各寨土民，便纷纷应邀到了灵溪。这时的土司城内，到处张灯结彩，焕然一新。举办摆手舞的地方，有一栋摆手堂房子。那房子有两层楼高，是四方形塔式建筑，楠木为梁、香樟为柱，浮雕画栋有山鸟花卉，龙凤狮象，正殿供有"八部土王"和"彭公爵祖"、"向老官人"、"田好汉"的塑像。里面十分宽敞，能容纳几百人活动。摆手堂外还有一处大操坪，可容数千人观看。永顺宣慰司下共有 58 旗，380 峒部落，这一天都各派了代表前来参加活动。大摆手开始，宣慰彭翼南和爷爷彭明辅亲至摆手楼上观看盛会。只见人们先在寨前挑甲起驾，准备闯驾进堂。由彭、田、向、覃、龚组成的土家五姓人氏，被编成五路纵队，每路纵队又按龙旗队、神棍队、祭祖队、摆手队，奏乐队的秩序排好，同时向摆手堂方向起驾。来到交叉路口，五路寨队同时相逢，各方为首打龙凤旗的人便互相绞裹，进行闯驾，所有旗队这时都摇旗呐喊助威，因为只有获胜者才有资格先进摆手堂。有诗为证："摆手堂前几路兵，谁先谁后把门进，土家历来有规矩，龙凤旗手争输赢，胜者为大领头行。"土家风俗认为，先进摆手堂者吉利。当时经过一番角逐，以彭姓队全获胜，首先闯进了堂中。接着，各路队伍相继进入摆手堂。祭祖仪式随即开始。鞭炮炸响，三眼铳击发，还有铜锣铜鼓，牛角、长号、树皮喇叭、唢呐、木叶咚咚喹乐器同时奏响，这种土家独有的交响曲听起来十分优美迷人。

祭祖的供品在摆手堂内的贡桌前也摆得五光十色，琳琅满目：除了家养的猪、羊、牛、鸡、鸭、鱼外，还有山鹰、白面、野猪、豹子、老虎、熊、锦鸡、竹鸡、斑鸠、野鸡、岩鹰等各种山禽野兽。头戴凤冠帽，身穿红色四袂四盆八幅罗裙，手持朝简铜铃的梯玛（土老司），在交响乐器声中，念念有词地敬神，请主。在请土司王时，其词曰：

土王爵主爷爷耶，一年辛辛苦苦过去了。

儿门孙门过年了，过年了哩。新年到了哩，毕兹卡的寨子热闹了。

……

爵王公公耶，喝酒时节记着你，吃肉时节记着你。请你了，接你了，笑笑眯眯动身哩……

爵王爷爷耶，灯亮给你点着哩，香纸给你烧着哩，猪头给你掺着哩，团撒给你泡着哩，老虎皮给你垫到的，猴手掌给你留着的，野鸡肉给你烧着的，鸡尾巴给你插着的，狐狸尾巴给你挂着的。

锣鼓打起了，牛角吹起了，爵爷爷的大驾到了哩，"也了"，"也了!"

……

梯玛念完词，双手持司刀和铜铃，边唱边跳《八宝铜铃舞》，这种仪式持续了许久才停下。

祭祖完毕，众人便开始跳起摆手舞来。只见那一队队头裹青布帕子，身着花边衣裙的土家青年男女，拌着"匡咚"的锣鼓声，唱着"嗬嗬也、嗬嗬也"的歌曲，开始翩翩起舞。这摆手舞其实很简单，基本动作仅用两手作"单摆"、"双摆"或"回头摆"三种，但表现的内容却很丰富，从祭祖、迁徙、到开展生产建设家园直至出征、抗敌、打猎，凯旋归来，欢庆胜利等等，几乎无所不包。

　　跳舞跳累了，可暂时歇息。饿了，街上到处都有东西可买来吃：油炸粑粑、灯盏窝、炒米、鸡鸭鱼肉、山鲜野味，凉粉甜酒。吃饱了，歇好了，又尽情地去跳，去狂欢。如此循环往复，上万人一直玩乐了五天五夜，整个庆贺活动才告结束。

第十四章　捉拿敌首解辰州
铸造铜钟留千古

香烟缭绕，烛光闪烁。

几位穿着青布长袍的道人，端坐在永顺土司城外祖师殿内的几尊高大的神像前，正在双手合胸嗡嗡嗡的念着经。

忽然，大殿内闯进一队持着刀剑的土司兵勇。为首的哨官大喝道："不要念经了，快把两个人交出来。"

"你们要找谁？"住庙老道忙问。

"我问你，最近贵寺有外地新来的两个传教人吗？"

"我们两人就是！"一个道人主动回道："我叫杨时员，他叫杨老三。"

"好，找的就是你们两个，请跟我们走一趟。"哨官拿着刀大喝道。

"你们找咱干啥呀？"杨时员问。

"你去了就知道！"

哨官说罢，只一挥手，几个兵勇就拥上前将两个道人反手绑了。然后押到了土司衙署。

宣慰使司彭永年见犯人捉来，立刻审讯道："你们两人是哪里人？到这里来干什么？"

"主爷，我们是江西人。"杨时贡回道，"我们到贵司来是传经布道。"

"你们传的什么教？"

"我们传的是白莲教。"

"好哇，果然是此教。你们居然来我们司自投罗网了。"彭永年嘿嘿笑着。

"冤枉呀，我们只是传教，没做坏事。"杨老三叫道。

"你还称冤枉？白莲教就是邪教，你当我土司不知道！"彭永年又命人道，"给我搜一搜，看他俩藏了什么。"

几位兵士上前一搜，在杨时贡的衣袋里即翻出了一张"传送大乾起运图。"又在杨老三身上搜出了一本黄书，里面写的全是白莲教的内容。

"好，人赃俱获，妖书妖图都有，你俩还有什么可狡辩的？"彭永年厉声又道，"给我马上解送辰州官府！"

几位兵士立刻将杨时贡、杨老三押出衙门，然后火速解送去了辰州官府。

半月后，由湖广道抚院传来奖谕，略言"云峰妖贼贾邦奇遣妖赏杨时贡、杨老三传送大乾起运图印，刻纤纬妖书，到永司开游说惑世，欲谋不轨。若非彭永年之拿解，必致扰乱地方。今不动一兵而即擒获，此因永年素性忠赤之诚心，亦由该道平日宣布之严切，功实可嘉，当铭鼎彝，仰该宣慰，愈励投国之诚，益广独奸之智，几可以防微杜患者，尽心为之，兵部具题，差锦衣卫官童泷齐钦赏到司"云云。

这土司宣慰使彭永年，即前任土司彭翼南的儿子。彭翼南自征倭回司后，与祖父彭明辅在嘉靖三十六年四月给朝廷又献过大木效忠，为此获升云南布政使司右布政使，并赐大红飞鱼服三袭。嘉靖四十四年九月，支罗峒酋黄忠叛，彭翼南奉令出师，克险剿灭。未几施南散毛张三、王戌促又叛，彭翼南再督师出征，擒获二司土官覃宁、覃启及张三等解京，特赐诰命。几番征战使彭翼南威名远播，但因劳师频繁，不免心力透支过度，三十二岁时便因疾早逝。其时是隆庆元年六月十一日。接着，其子彭永年继位。这时明王朝已危机四伏，永保土司被征调助剿叛乱更加频仍。万历元年（1573 年）十月，广西瑶民发生变乱，彭永年奉令出征，先后到广西怀远，谏冲、唐山、大蓝、大黄一带围剿，斩级二百余颗，生擒男女三十余口解验。广西抚台向朝廷报称："永顺宣慰彭永年世笃忠勤，躬先士卒，领征怀远，斩获多功，峻岭衡锋，已著犁庭之绩，谏冲奏凯，共成破竹之功，西贼寒心，群酋授首，除疏之外，理应优奖……"

万历六年（1578）正月的一天，彭永年在土司衙署内正署理司事，忽有近臣告密，说有外地香客借传教之名鼓惑土民谋反，彭永年立即下令将这二人捉拿。此事件发生不久，彭永年忽然患疾早逝。死时年仅二十四岁。

其后，彭永年之子彭元锦于万历十五年（1587）即任。彭元锦活了六十岁，在任长达四十六年。他的一生亦多征战。其上任之初，即奉令督师征剿播州叛酋杨应龙，扫清奏捷归来，总督部院上谕称："彭元锦先世以来，南征北剿，四境平定，今播酋逆妖，动兵征讨，本官督兵务剿平靖。"又称："彭宣慰捉兵远来，克尽奋忠之念，大展谋勇，早奏荡平之功，随部院奏请优叙。"

播州之战归来，彭元锦有一晚在土司宫忽做一梦，梦中关公赐他大刀一柄，红马一匹。第二天醒来后，他招来一老梯玛问道："我昨晚梦关公赐大刀红马，此作何解？"

老梯玛跪奏道："此乃吉人神助之梦也！关帝赐你大刀红马，是保你征战必胜，你应修祠刻像铭记。"

"嗯，此解正合我意也。"

彭元锦遂命宫中向总管修建了一座寺庙，庙中所立塑像，即是那梦在回龙山顶中所持大刀红马的武将军。此寺又取其名曰"神武祠。"此祠立过后，彭元锦果然每次出征打仗都得胜而归。为了感谢神灵护佑，晚年他又招来向总管商议道："自我立神武祠后，每回征战都取胜，我欲呈谢神助，拟再建一处关帝殿堂，并铸钟鼎刻记，你觉如何？"

"爵爷所说极妙，我即督工建造。"

向总管遂召集工匠，在回龙山神武祠旁，又建了一座关帝宫殿。同时命工匠铸造了一只铜钟和一只铜香炉。其钟高达近七尺，大逾二人合抱。彭元锦自己动笔，写了一篇铭文刻在铜钟之上。其文曰：

考之志曰钟，西方之声，以象厥成，谁功大者其钟大，垂者为钟，仰者为鼎。万历丁亥予掌篆之次岁也，梦帝赐予以大刀红马，予即刻象，立殿于将军山顶，书其额曰："神武祠"。又蒙神节降护持，酉之役，三战三捷；播之役，捷音屡奏；保之役，十一战十一胜。且旦夕赐佑，魑魅魍魉，莫施阴谋。予蚤无子，又蒙赐予子嗣。因是再立殿于回龙山之上，题其殿为圣英宝殿，乃命工范铜铸钟鼎，悬于庙，用彰神武，而为之铭。

> 洪惟圣常，惟心天日。
>
> 默估于予，魍魉无济。
>
> 镇我边廷，时和岁利。
>
> 亿万斯年，彭氏永祀。

另外一只铜炉，高约一米多，长约二米。彭元锦亦写了几句诗铭刻炉上。其诗曰：

> 桓桓义勇，赫赫声灵。
>
> 河流岳峙，惠我蒸蒸。
>
> 维彼祝融，少惠以成。
>
> 云兴风烈，永荫佳城。

如今，彭元锦所立关帝宫庙已不见踪影，但其铜钟却完好无损地保存在老司城祖师殿内。

第十五章　马千乘受瘐死狱中
秦良玉带兵成女杰

再说从万历二十年开始，明朝迁边关渐渐告急。到崇祯帝时，李自成、张献忠等农民起义军所向披靡，声势更加大炽。眼看明朝廷气数将尽，各路土司虽闻调勤王而裹足不前。这时在四川石柱，却出了一个不怕死的土司女杰秦良玉，为勤王出征仍冒死数战，一时被传为美谈。

秦良玉为四川忠州生员秦葵之女，字贞素，性颖异。幼年通经史，饶胆略，工词翰。稍长又练习过骑射。十五岁时，嫁与石柱土司马千乘为妻。

石柱马氏土司，为汉朝马援后裔。南宋时，其先祖马定虎被封安抚使。明洪武初年，马定虎的第十五世孙马克用被朝廷加封为石柱宣抚使，马克用的第十世孙马斗斛，承袭宣抚使后，因开矿事亏欠帑银五百金，被部议革职，贬塞外，不久病死。按土司惯例：土司主有罪同州县官议，死则子袭，子幼则妻袭。马斗斛死时，有一儿子马千乘，年纪只有十岁，因其父开矿亏欠金未弥补，被官府留作人质关在狱中。而土司印绶敕其母覃氏掌管。马千乘在狱中被关三年，性情变得异常坚硬刚烈。为获得脱身自由，他咬破手指写了一封血书给族人道："余陷狱中已三年矣，祸由天作，非因自致，每思年力渐壮，父议革职虽有爱子之心，爱莫能助矣。即传母掌，母老多病，身居幽谷无以践送终之孝矣。静言思之寝不成寐，仰维舍中，惟邦田邦为舆陶舆，骈及里长蔡时应，潭立本诸公为可托，为今之计者，首以赔偿矿项，次以和好舍民；三以保全出狱。倘得脱罪承宗，自当刻骨铭心共享福禄，如或臂违盟誓，神明殛之，诸公倘怀携贰而不实力扶持，誓亦同之。狱中焚香嚼指，仰诸公鉴焉。"

族人马邦等接书信后，深为感动，乃动员各寨寨长及族人倾囊相助，将集资款派人送至州府，赔偿了马斗斛开矿亏金，将马千乘从狱中赎了出来。

马千乘回家承袭了宣抚使职。他上任后刻制奸猾，人无遁情，又励志练兵，奋武扬威。但因更张太骤，积怨颇多。

十八岁时，马千乘娶了秦良玉为妻。小两口婚后恩恩爱爱如胶似漆。一日，秦良玉对马千乘道："久闻夫君练兵严厉，能否让我开开眼界？"

"可以，明日我带你去校场观赏观赏。"马千乘回道。

第二天，马千乘偕妻骑着马，一同到了校场。只见数百名兵勇拿着兵器正在集合待令。马千乘来到阵前，一声令下，众兵勇即展开手中兵器开始练习。那兵器多为刀箭和长矛。其中又以执长矛者格外引人注目。原来，那长矛一色用白木为杆，不做装饰，后带钩环，登山过水，可前后相连。这即是石柱有名的白杆兵。秦良玉见那些兵士练习时步伐整齐，一招一式都很有力，执长矛的白杆兵尤为晓勇异常，不禁对夫君赞赏道："我今日真开了眼界！你这些兵勇果然训练得不错，以后上阵打起仗来，必胜无疑。"

"练兵就是为打仗制胜嘛！"马千乘道，"我们石柱土司，祖先就善于带兵打仗，多立战功，我辈理当继承先祖遗志，重振雄风。"

"好，男子汉大丈夫，就该有雄心壮志。"

两人正说着，忽有一官府信使送来朝廷御旨，内容是诏调石柱宣抚司使马千乘去播州征剿反贼扬应龙。马千乘接旨后，立刻对秦良玉道："夫人，奉皇上之令，我要去播州征剿反贼，你就在家好好待着吧！"

"不，我要跟你同去！"秦良玉道，"有我在你身边，可以帮你指挥打仗嘛！"

"你一个妇人家，打什么仗！"

"你别小看人，古时的花木兰还不一样从军！"

"那是花木兰，不是秦良玉！"

"秦良玉怎么啦？我秦良玉比她还能干，不信你让我上战场试试！"

"笑话！一个女人家争着朝战场上跑，有什么好！你给我老老实实待在家里别动！"马千乘来气了。

　　"我就是要去！"秦良玉也动了气，她的性格很倔强，只要她认定要做的事，谁也难以阻挡。

　　"你给我滚！"马千乘忽然厉声吼道，"我说不准你去就不准去！"

　　"我要去，我就是要去。"秦良玉亦毫不退让。

　　"你敢和我顶撞作对？"马千乘瞪着眼，忽命侍卫道："把她给我押起来，关到房子里去！看她还去不去！"

　　两个侍卫一听这命令，一时都傻了眼。秦良玉则大声骂道："马千乘，我是你的女人，你把我关起来，真太狠心！"

　　"谁叫你这样犟！你好好思过，若不改悔，就别想出来！"马千乘说罢，又对两个侍卫吼道，"还不快把她送去！"

　　两侍卫随即执行命令，真将秦良玉押送回家，关到了一间独屋中，并用一把锁锁了起来。

　　当晚，秦良玉被关在房内，连饭也没有给她送，直饿了一天一夜。幸好其姐姐秦良斯是舍把马周夫人，得知其妹被关消息后，悄悄用竹筒装着食物，从墙隙中给她传进去，才使她未饿坏。接着，秦良斯找到马千乘问道："马宣慰，你为啥把我妹妹关了起来！"

　　"她顶撞我，把我气坏了，我要让她吃吃苦头。"马千乘回道。

　　"唉呀，夫妻吵架不记隔夜仇。你把她关了这么久，岂不要关坏了！快把她放了吧！"

　　"不能放！"马千乘道，"她吵着要跟我去出阵打仗，我放了她，她不还要跟我去?"

"她要跟你去打仗，那是为你好，替你着想嘛!"

"我不要她去，她一个女流之辈能干什么。"

"你可别小瞧良玉啊，她小时爱习武，射得一手好箭，又会骑马，还读过兵书，腹有韬略，你若能带她去，还是你难得的好帮手!"

"哼，你把她说得那么好，我才不信。"

"这是真的! 我一点都没夸大，良玉是文武双全的才女，不信你就带她去出征试一试嘛!"

马千乘沉思了片刻，忽然点头道: "就依你的，把她带上，我倒要看看她是否真有本事。"

说罢，即命人放出秦良玉，让她回到自己身边。

秦良玉正恨丈夫无情无义，竟为一点赌气就把自己关了起来，幸得姐姐相助才救出来。当马千乘答应带她出征后，她才与夫君和好如初。

过了数日，万事俱备，马千乘便带三千人马开始起程了。秦良玉亦带了五百人马紧紧跟随。

万历二十七年腊月底，马千乘率部抵达播州邓坎。因为等待三省调集兵力进攻，马部在邓坎扎营过了新年。正月初二晚上，秦良玉对马千乘道: "念晚敌必来袭营，可传令军中作好戒备。"

马千乘怀疑道: "不会来吧，才过新年，难道他们来得这么快?"

"等着瞧吧! 今晚我算定他们会来!"

"有备无患。"马千乘依了秦良玉的建议，立即下令，让军中将士晚间衣不解甲，作好出击准备。

是夜子时过后，播州土酋首领杨应龙果然率数千人马突然劫营来了。征剿官兵有几个军营惊溃而败，而秦良玉和马千乘却乘机反击，率三千五百人杀入敌境，一夜之间连破金筑等七寨。黎明时分，追抵桑木关。此时，督臣李化龙亦遣将马孔英等前来攻关。秦良玉与马千乘指挥白杆兵分左右钩连上山，将此关攻克。接着乘胜再攻破娄山关，最后会同数万官军，将扬应龙部围困在海龙囤，直至全部剿灭。

在整个征剿扬应龙部的战役中，秦良玉夫妇论战功应数第一，督臣李化龙却隐匿不报，以至朝廷并无奖赏。马千乘在大捷班师回来后，对秦良玉钦佩地说："夫人料敌如神，倘若那夜不是你提醒作准备，我们遭敌劫营必会溃败。现在我们打了胜仗，督臣却不据实上报，朝廷对别处土司都有奖赏，对我们却无奖赏，这太不公正！"

"咱们征战能获胜而归，就算走了好运！督臣不报战功，咱们不必计较，男子汉大丈夫，以后立功机会多着，你说呢？"

"我就是忍不下这口气！"

"做人就是要能忍。"

"我忍不了！"马千乘气呼呼地说，"下次再征调，老子不去了。"

"皇上下令，你敢不去？"

"就是不去！"

"算了吧，我看你别逞一时之气，到时候说去就该去，哪能由你！"

马千乘是个绝犟的脾气，他痛恨官府的邪气和不公正做法，从此与朝廷官员也少来往。

其时，云安县府有个内监邱乘云，一日来到石柱山寨，找到马千乘说："你父开矿欠金还未赔完，请补交齐吧！"

马千乘道："那笔欠款早就交完了，怎么还有亏欠？"

"你只交五百金的本金，还有几年的利息，你应补交。"

"什么利息？当初怎么没听你们说过？"

"那是看你可怜，只要你先交本金就放了你。现在你当土司了，补交足利息算什么，快拿出来吧！"

"这个钱不能交，当初没说定。"

"你敢不交？"

"我就是不交。"

"不交？那好，你等着再进监狱吧！"

邱乘云勒索未成，返回县府，立刻提笔给州知府写了一封呈书，内容大略是反映土司马千乘拒交其父开矿亏金，且有抗法嫌疑，特请州府依法处置。知府接承后，遂派参将梁松带着一支官兵来到石柱。

马千乘出门迎接梁参将道："将军到我司有何见教？"

梁参将道："我请你去云安县一趟！"

"去云安县干什么？"

"去了你就知道了。"马千乘又道，"我要是不去？"

"不去不由不得你了。"梁参将说罢，手一挥，几个士兵扑上来就把马千乘捉住绑了起来。

这时土司内的兵勇冲出来欲要解救马千乘，梁参将的官兵张弓执刀与这些兵勇对峙起来，眼看一场冲突即将暴发，马千乘忽然吼道："你们别动！我到县府把冤情说清，会回来的。"土司兵勇随即执着兵器不再乱动。

梁参将指挥官兵就把梁千乘押走了。到了云安县，马千乘被关进牢狱后仍不肯低头求饶，他据理力争，不肯补交勒索银两，邱乘云遂串通狱卒，最后将马千乘活活整死了。

马千乘死后，秦良玉从狱中将其尸取出，抬回到葵岩口场作了安葬。石柱宣抚使的掌印，从此就由秦良玉开始掌管了。秦良玉为马千乘生有一个儿子，取名马祥麟，此时还在襁褓中。秦良玉任职后，招来亲兄秦邦屏、亲弟秦民屏、侄儿秦翼明、秦佐明等人，在手下各充任着要职，担任着军事指挥。这几位兄弟侄儿后来都成了得力将才。

第十六章　守土安民战一统
忠勇卓著载明史

　　明泰昌年（1620 年）间，朝廷征石柱兵东援辽东，秦良玉派兄弟邦屏民屏率五千兵先往，自己携子领精兵三千继之。第二年初，秦邦屏率师渡浑河时遭遇一场激烈战斗。秦邦屏战死，秦民屏受伤突围而出。秦良玉与儿子祥麟兼程赴援，到榆关时，马祥麟目中流矢，犹拔矢策马，奋勇而战不肯退。此役结束后，皇上诏加秦良玉二品章服，并予夫人诰命，赐额曰"忠义可嘉。"其子马祥麟被授指挥使，赠邦屏都督佥事锡世荫，与陈策等合祠，民屏进司佥事。

　　接着，秦良玉奉命回川练兵赴援。到石柱的第二天，忽有一说客樊定邦带着金银登门求见。秦良玉召见问道："尔来有何贵干？"

　　"秦夫人，久闻你大名如雷贯耳！我是重庆义军樊龙之弟樊定邦，今受我大哥之托，特来拜见夫人。"

"你大哥有何见教？"

"我哥期望与石柱土司结盟，共同反抗官府。"

秦良玉眉毛动了一下，没有吱声。

樊定邦接着道："现在川内局面大乱，各地军民蜂起，奢崇明、奢寅已陷内江、新都诸县，正进围成都。樊龙、张彤已据重庆。已杀巡抚徐可求等文武官员五十多人。官府在川的势力已经奔溃。夫人若肯与我部结盟起义，将来夺得天下，当可共享荣贵。"

"住口！"秦良玉猛然怒骂道，"贼奴敢以逆言污耳，我兵将发，即以奴首祭大纛。"说罢，只一挥手，众刀釜手立刻将樊定邦牵出司门，在操场上飘扬着"秦"字的帅旗下，立马斩了樊定邦。秦良玉又吩咐将其送来的礼金犒赏三军，众兵勇闻听欢声雷动。

秦良玉随即宣布起兵讨贼，首先派秦邦屏之子秦翼明、都司胡明臣领兵四千，衔枚疾趋，潜渡渝江，驻南坪关，扼敌归路。派秦邦屏子秦拱明，领兵四百袭两河，焚敌船，阻其东下。裨将秦永成领千兵，分张旗帜山谷间，守护忠、万、丰、涪，驰檄夔州，急防瞿塘上下。再命其子马祥麟和亲弟秦民屏，率兵六千，沿江而上，水陆并进，占安定、乐至等县。秦良玉自己统兵数千，由川北路鼓行而西，复新都县，长驱抵成都，内外夹攻，破奢崇明吕公车。解了成都之围，再还军救重庆。秦民屏率部生擒敌将樊虎，杀黑蓬头，夺二朗关，又夺佛图关。南坪关等处亦为秦翼明军所扼。秦拱明杀敌将沈霖于两河，烧其船千余只，夺船

118

八百只。秦良玉兵抵重庆城下，敌将张彤迎战，马祥麟驱马挥刀，只两个回合，便将张彤斩于马下。当夜，马祥麟挥兵攻破通远门，樊龙遁走，被诸将杀死，重庆城宣告收复。其时，秦永成同胡平志又击敌将冉应龙于忠州，整个川东乃告平定。捷报传至朝廷，皇上乃晋封秦良玉为一品夫人，授都督佥事、充总兵官，擢升马祥麟为宣慰使，秦民屏进副总兵，翼民、拱民进参将。其余将领均各赏赉有差。

　　平定川东后，秦良玉继续领兵进剿。她派禆将秦衍祚从侯良柱败敌于九节滩，收复了遵义城。派马祥麟随巡抚朱燮元攻破江潆四十八寨，攻克永宁、蔺州二城，生擒敌官四十三名。又亲率翼明、拱明、先后攻破红崖坡、观音寺、青山敦诸寨，擒敌将李楫、杀阿么、二郎牌等。此时奢崇明等联结水西安邦彦同反，引苗众围贵阳。秦良玉又派秦民屏及其子佐明、祚明，随黔巡抚王三善救贵阳，大破邦彦于平越，直捣大方。在大方之战中，王三善不幸为降将陈其愚所害，秦民屏亦被杀死。秦佐明、秦祚民重伤脱逃。朝廷诏赠秦民屏都督同知，立祠赐祭。其子佐明、祚明授参将，翼明、拱明皆进官至副总兵。

　　明崇祯三年（1631年），永平四城失守，畿辅震动，诏天下勤王。其时中原荒旱，变乱四起，各镇首领自保不暇，逗留不前。秦良玉独慷慨誓众，裹粮率师，昼夜兼行抵都，驻兵宣武门外。其是崇祯帝得知她带兵抵京，乃传令亲自召见。秦良玉来到平台，崇祯帝对她道："秦夫人，朕久闻你忠勇之名，今特赐蟒玉一件给你。"说罢，命人取出一条尺余长的玉石递了过去。秦良玉接玉在手，忙叩头致谢道："谢主隆恩！臣来京城，愿为皇上效命杀敌，请尽吩咐。"崇祯帝道："尔为巾帼一杰，朕已写诗四章，同赐你保存。"侍臣将崇祯帝所作御诗展开，秦良玉逐章细读，只见其一曰：学就西川八阵图，鸳鸯袖里握兵符，由来巾帼甘心受，何必将军是丈夫。其二曰：蜀锦征袍自剪成，桃花马上请长缨，世间多少奇男子，谁肯沙场万里行。其三曰：露宿风餐誓不辞，饮将鲜血代胭脂，凯歌马上清平曲，不是昭君出塞时。其四曰：冯将箕帚扫沟奴，一派欢声动地呼，试看他年麟阁上，丹青先画美人图。

"好，这诗我收下了。"秦良玉欢天喜地叩头谢恩。

崇祯帝又道："朕再赐你为太子太保、忠贞侯。"

秦良玉又叩头致谢，表示愿为皇朝战死疆场，然后才告辞回营。

在京驻防了数日，忽闻蜀地百丈关又来报警，皇上乃命秦良玉还镇专防川东。秦良玉留下儿子马祥麟同媳张氏驻京畿防守，自己率军回到四川。崇祯七年，张献忠攻陷夔州，兵围太平。秦良玉提兵急救。马祥麟此时自北回军，双方前后夹击，张献忠率部败走。

崇祯十三年（1624年）四月，罗汝才等复陷夔州，秦良玉率部征剿。其先锋谭稳已袭击马家寨，斩敌首七百三十级。都司秦篆设伏留马桠，斩其魁首东山虎，生擒敌三十三名。裨将秦永祚，在水口袭击，歼击敌五百余人。秦翼明同别将张全追敌至谭家坪，斩首一千一百一十八级。秦良玉又亲率马祥麟部，在仙寺岭夺获罗汝才大旗。是役总计斩敌首八千余级，缴获甲仗马骡无数。敌方丧胆，乃不敢再西犯。但罗汝才败后与张献忠合股，于是年七月再占川中。其势锐不可当。朝廷这时派杨嗣昌来川督师。杨嗣昌将守川精锐兵力撤往湖南，放弃了川中许多关隘。四川巡抚邵捷春只带弱卒一万驻守重庆。秦良玉率部增援。两军在重庆附近驻扎，互为犄角。此时有绵州牧陆逊之被罢官到谕。邵捷春让他到石柱军中巡视。陆逊之看罢石柱兵营后，击节赞叹道："不图今日见细柳营娘子军，名不虚传也。"秦良玉摆下酒席，款待陆逊之时说："邵公不知兵，吾一妇人受国恩，谊应死，独恨与邵公同死耳。"陆逊之道："何出此言？"秦良玉道："邵公移我自遁去，所驻重庆仅三四十里，而遣张全守黄泥洼，殊失地利，贼据归、巫万山之巅，俯瞰吾营，铁骑建瓴下，张令必破，今破及我，我败尚能救重庆急乎？且督师以蜀为壑，无智愚知之。邵公不以时争山夺险，令贼不敢即我，而坐以设防，此败道也。"

陆逊闻此论，不禁肃然起敬道："夫人深知兵法，邵公不如也。他闻警畏敌，不敢主动出击，势必变被动也。可惜吾一罢官州牧，亦难说服他。那杨嗣昌名为督师，又把精锐撤往楚地，致使川中关隘失守。杨督师与邵巡抚相互不合，蜀中形势危在旦夕也。"

不数月，张献忠果然占得地利，连破官军于观音崖、三黄岭，大军从上马渡过河。秦良玉偕张全急忙拦阻，无奈寡不敌众，一场激战，所部三万余人战败溃散。秦良玉飞马来到巡抚邵捷春处告急道："邵公，今事急矣，贼已逼近重庆，请尽发吾溪峒卒，可得二万，我自禀其饩之，官犹足办贼。"邵捷春摇头道："大势已去，只有坚守勿出。"竟谢其计不用。张献忠部遂攻陷了剑州、内江、泸州等地。其后不久，邵捷春被朝廷逮问处死罪。杨嗣昌在襄阳失守后亦饮药自杀。

崇祯十六年（1644年），张献忠部尽陷楚地，复谋攻占蜀地。秦良玉图全蜀形势，上书给巡抚陈士奇，请其派兵守十三隘口，陈士奇未能用其计。秦良玉又上书巡按刘之勃，刘觉其计虽好，但无兵可派遣，致使张献忠大军长驱直抵夔门。秦良玉率部驰援，终因寡不敌众而败溃。不久蜀地尽陷。秦良玉这时召集其部将，慷慨语众曰："吾兄弟皆死王事，吾以一孱妇蒙国恩三十余年，今不幸至此，岂敢以余年事逆贼哉。"说罢，乃决定分兵守四境要隘，对手下将领曰："有从贼者，族无赦。"其部将都听其约束，各把守关隘，形成了石柱的一统割据局面。张献忠虽占全川，又铸金印，遍招土司，却无一处响应，敢侵犯石柱，川中来石柱避乱者摩踵相接。又过不久，李自成率军攻陷北京，明崇祯帝在景山自缢，消息传来，秦良玉乃知明朝气数已绝，虽悲恸一时，却已无可奈何。其子马祥麟接着又患病逝去，秦良玉自此更加抑郁不已。至戊子年，秦良玉病卧不起，临死时，她将孙子马万年、马万春等招至榻前吩咐曰："我死贼来，若曹不能拒，城东万寿山上平下险，我近积火药粮草于其上，汝率兵民往避之犹可活，此地生灵也。至董戒士卒务在法律严明，守御慎密，贵在和协众志。"言毕，溘然而逝。其寿七十有五。孙子马万年、马万春等将其葬在城东十五里地之回龙山，其墓碑上镌明忠贞侯太子太保，官爵在都督总兵之上。

秦良玉死后，马万年当了石柱土司，在十年时间里，仍安居独统一方。后来世局再乱，马万年遵其祖母秦夫人的嘱咐，率万余人避居万寿山。不久，朱容藩占据石柱，围攻万寿山月余未克，时涪州李占春提兵来援，乃将朱容藩追至郧阳诛灭。清顺治十六年，石柱土司向清朝廷投诚。继而遭吴三桂之变。石柱附近流寇土豪四起，马万年率部仍屯守万寿山，并多次击溃进犯来敌，直到清兵入川占领全境，石柱地方仍被朝廷封为宣慰使司，马万年始得回署修理残局。石柱马氏入清朝后又承袭了数代土司，到乾隆二十六年才改设流官。在马氏土司前后十七代的历史中，秦良玉可算是最为出色的一代土司掌门人。她的传奇经历，经权威的二十五史之《明史》记载后，已经熠熠生辉并将永远流传不朽。

第十七章　彭白氏力扶嫡孙
彭泓澍联姻保靖

再说保靖宣慰司使彭尽臣抗倭立下大功后，朝廷曾封其为昭毅将军，赐其子彭守忠冠带。嘉靖三十九年（1560 年），彭尽臣父子回到保靖，一年之内，不料两人竟同时患病而卒。彭守正死后，其妻杨氏有遗腹子未生。不久，孩子生下，是个男孩，因祖母彭白氏决心扶这位嫡孙承袭司主，乃取其名为彭养正。

彭白氏是彭尽臣的结发之妻，她在族中有相当威望，彭尽臣死后，彭白氏奉文管理印务，署司事。是年秋旱，土民生活困苦，白氏捐银两为砦民纳秋粮，又派把总吴效才备牛酒犒赏苗人廖老洽等以旌其劳，使其安心把路。境内一时政令翕然，溪洞咸颂。

时有辰州知府向朝廷呈文曰："向氏以女流护印，代替寨民出办粮银，既完官府之事，恤洞民之艰，委宜嘉奖。"钦差总督罗御史亦报称："白氏署印以来，法度一新，诸苗颇服，赏赉不

悭，似应奖谕，以励其终。"又称："白氏署印未久，政令方新，
捐赀赏犒，不惜重费。始初就能行其招徕之心，以后必能坚其效
顺之志，理应优赏。"皇上闻报后，乃诏赐金缎、银花、羊酒、
银两有差。

万历元年（1573 年）冬，彭白氏病卒，其孙彭养正以 12 岁
年纪袭宣慰使职。其时皇上诏调保靖土司出兵，远征广西怀远，
彭养正率土兵 4000 人及报效家丁杀手 1900 名，于万历二年正月
开进广西抵怀远独坡营。把总彭禹臣等分兵设伏，结果出奇制
胜。战后，湖南总兵官平蛮将军怀宁侯孙远坚称："彭养正统三
军之众，而人服稚年，成一战之功，而威行强敌，允矣耿堪藩
屏，宜乎世受国恩，其祖母白氏，教导素娴，而养正成立蚤见，
且恰行授以方略，故出师辄奏捷音。"诏赐赏银、酒、字匾。

万历二十七年（1599 年），彭养正病故，其长子彭象乾袭职。
彭象乾在位二十七年后，其子彭朝柱袭职。此时保靖司兵强马
壮，颇有实力。不久，朝廷封彭象乾为湖北路苗总兵官都督府左
都督。永历元年（1647 年），明王朝面临覆灭之际，朝廷忽然派
信使送来了一份皇上的亲笔敕文。彭象乾接过一看，只见其敕
文曰：

皇帝敕谕特赐蟒玉防剿湖北路苗总兵官都督府左都督。

保靖宣慰使司彭象乾。

朕励精薪胆，锐意中兴，兹值秋饱马腾，已期自将挞伐，领
京营劲旅，联各勋镇兵马，分道永保，誓指江汉，倾复荆襄之
本。近以岳贼内侵，鼎城失险，念亟救援，忧深门户，尔湖北路

总兵官彭象乾，宿将丹心，忠献世笃，先已两敕，专隆闻寄，闻尔已出兵辰阳，功高保障，惟兹常郡，为尔桑梓，家国同忧，缨冠自奋。特允枢臣傅作霖请，敕尔整旅出讨，辰常衣带，售宿风帆，彼违天逆贼，自就死朗江耳。自今衡长渐复，幽燕奏晋，大江南北，捷羽频闻。以尔父兄子弟之兵，急封疆乡里之难，蠢兹走险犬羊，何难灭之朝食。尚期与尔子彭朝柱，先后疾驱，水陆并进，待尔复常捷音一至，即县伯爵以酬，恢复一镇，即食彼饷。朕已敕动辅制臣胤锡调遣动建诸臣，分道恢复，同心并嚣，惟赖显庸，宇整方饼之功，以膺麟图之盛。钦哉。特敕。

永历元年七月日

彭象乾读毕敕文，立刻唤来长子朝柱，就勤王出征之事作了一番商议。父子俩认定明王朝气数已尽，决定暂时按兵不动，待时局明朗再作计议。不久，左良玉部将王永成、马进忠为清军所迫，窜至辰城，渐渐逼近保靖司巴勇地方。彭朝柱部署了四路兵马进行堵截，其子彭鼎引马骑数千，从后路抄出，袭击王、马部主营，王、马大败，士兵奔山投崖死者无数。清军大将军阿尔津和恭顺王孔有德接着临抚辰州，彭朝柱遂派舍把彭伦、邱尚仁等备册赴清军营投诚，清廷乃诏赐龙牌，仍命彭朝柱领保靖司职如故。

保靖司归附清朝后，永顺司宣慰使彭泓澍亦和清廷大臣开始联系归顺之事。彭泓澍乃彭元锦的孙子，其父彭廷机早卒，他是崇祯五年（1632）时袭祖父职的。

清顺治四年（1647）冬的一天，彭泓澍来到辰州，对恭顺王孔有德和大将军陈尔津两位大臣说："我永顺土司世代承袭数百年，今大清皇朝统一天下，我司三知州、六长官司、五十八旗及三百八十峒蛮均愿意归附，请王爷和大将军代给皇上转达致意。"

"好！你们主动请求归附，我们皇上必定欢迎！"恭顺王孔有德当即表态道。

"这是我司的图册，请王爷过目。"

孔有德把地图接过看了看，转手送给阿尔津道："你欣赏一下吧，这湘西版图真是一份贵重的礼物。"

阿尔津拿过图瞟了几下道："不错，这湘西自古就是一块宝地。永顺土司世代居于此，我朝当援历代先例，对归附土司给予受封。我们回京，会给皇上禀报，还请彭宣慰放心。"

"多谢王爷，多谢大将军！"彭泓澍遂弯腰行了个鞠躬礼，然后告辞回了永顺。

恭顺王与阿尔津回到京城，果然向顺治帝作了禀报。两位大臣认为永顺土司世袭已久，其祖先在历代勤王征战中都立有汗马功劳，建议皇上应按历朝先例对该地土司予以重视。顺治帝乃御批永顺土司继续世袭旧职。

顺治八年（1651 年），李自成余部李来亨、高必正等为清军追剿，来到辰州，进踞永顺、保靖一带。彭泓澍组织永顺土兵在境内进行拦截袭击，同时与保靖司宣慰使彭朝柱联系，调集各旗目兵，日夜伏击，清军驻辰常总镇亦发兵进攻，李来亨、高必正等部死伤了数千人，高必正被药箭射死，余众被击溃。

此役之后，永顺司与保靖司关系逐渐亲密。亲顺治十三年

（1656 年），大将军阿固山额真卓和经略洪承畴，又会题永顺土司久经投诚，请铸给印信。顺治帝遂御批加太保，领顺字号永顺等处军民宣慰使司印一颗，六洞长官司印及三州印和经历文职印信侯吏部题请另给，又赐正一品服。永顺土司从此又得到了清皇朝的赏识和重用。

清顺治十七年九月十九的一天，彭泓澍在司署衙门正理司事，忽有总管向泰禀报道："爵爷，保靖司主彭鼎派一位使者来了。"

"啊，在哪里，快请进来。"

向总管遂领了来人进宫。

那使者进门就跪拜道："彭爵主，我是保靖司家政总理王岩，今受司主派遣，特来贵司拜见。"

"请坐吧！"彭泓澍应道，"你们司主有何见教？"

王岩平身坐下道："我们老司主去年病逝，新司主刚即位不久，他有一幅丹青想送给你，请你过目。"说罢，就将一幅画摊在了桌上。只见那是一幅骏马图，画上五匹马昂首扬蹄，栩栩如生。

"好画，好画！"彭泓澍十分欣喜地说："这画真是你们新司主彭鼎的手迹？"

"是的，真是他画的！"王岩道："我司主不仅善画，他还善解音律，又懂医术，每年自掏百金给土民买药治病。"

"如此说来，你们这位新土司还真不错呀！"彭泓澍由衷赞扬道。

128

“他这人是真不错。”王岩又道，“他刚袭职不久就时时念叨欲与贵司结好，这次特派我来说媒，欲向贵司主两个女儿求婚。”

“什么，你们司主想要娶我两个女儿?”彭泓澍略略有些吃惊地说，“求娶一个不足，还要娶两个?”

“是这样!”王岩回道：“我司王与贵司主结亲，欲多传子嗣延续后代，那时两司血脉更亲，故此欲求两女。”

“此事容我与夫人女儿商议一下，你且住下等候回复。”彭泓澍拈须答道。

“是，我静候佳音。”

王岩遂到宫外一处店家住下。彭泓澍当日即把夫人田氏唤来商议了一番。

彭泓澍道：“保靖司主彭鼎派总理王岩来向我司求婚，他想娶我们两个女儿为妻，你看能否应允?”

田氏道：“彭鼎其人你觉如何?”

彭泓澍道：“此人颇有才干，听其管家说，他幼时就很聪明，喜读经书，且解音律，并善丹青，又精医道，是个多才多艺人物。几年前我与其父彭朝柱联合出战，袭击流贼李来享部时，他也带兵力战，立过许多功劳。这次他送了一幅五马图，你看看吧!”

田夫人将那画作又仔细看了一会道：“此画确有功力，看来这个司主不简单。我们的女儿能嫁给这样一位司主也有福了。”

“你赞同了?把两个女儿都给他?”

田夫人点了点头。

彭泓澍又道："那就这样定了！不知两个女儿是否愿意？"

"我去给她俩说。"

田夫人当晚给女儿德元、德英说了，两个女儿都表示听从父母作主，这桩婚事就这样应允了。

第二天上午，彭泓澍将王岩唤来回复道："你回去告诉你们司主，我司愿结秦晋之好。"

王岩高兴地说："此乃社稷之福也。我即去转告。"

又过数日，保靖司乃派人纳聘送礼，正式择定了娶亲吉日。约月余后，两位新娘便被迎娶到保靖，分别做了爵主彭鼎的东西宫夫人。

第十八章　争袭位永司起内乱
攻辰龙歼敌获大捷

　　永顺保靖两司联姻不久，彭泓澍即患病去世，其长子彭肇桓于顺治十八年袭职，在位只三年又早卒。彭泓澍的次子彭肇相接着袭职。此时，彭肇相的一位叔祖彭廷榆忽起了篡夺之心。康熙三年冬，彭肇相有一次带着一帮人到山中去打猎，掌管司政的千总彭廷榆忽然发乱，他指使其党将彭肇相扣押囚禁了起来，接着带兵闯进宫内，强行夺走了宣慰使司印。

　　变乱发生后，彭肇相的一位亲信舍把彭四打马疾奔至保靖，喘着气向彭鼎及其二位夫人禀报说："不好，我们爵爷被彭廷榆关起来了，他还夺了司印！"

　　"什么，彭廷榆胆敢变乱夺司印？"彭鼎一听禀报，感到十分惊奇。

　　"快想法救救弟弟吧！"大小夫人都也着了慌。

　　"为今之计，只有速发兵了。"彭鼎速将儿子彭泽虬叫来吩咐道,"你带三百人马速去永顺司一趟,叛党彭廷榆已将彭宣慰囚禁了,你务必将他解救出来,将叛党首恶诛灭!"

"爹,你放心,我知道该怎么干!"彭泽虬立刻奉令点了三百士兵,在舍把彭四的带领下,连夜向永顺司赶去。

次日清晨,彭廷榆在宫中尚未起床,彭泽虬已率部冲进宫中,经过短暂格斗,十多个守宫护卫被杀死。彭廷榆听到外面响声不对,正欲起床去看动静,彭泽虬握着剑,已带着彭四等人一脚踢开门闯了进来。

"不许动!"彭泽虬用剑指着他道,"你就是彭廷榆吗?"

"是,就是他。这个老东西夺了爵爷司印。"彭四指认道。

"饶命,饶命,我情愿归还司印!"彭廷榆忙叩头求饶。

"你把彭爵主关在哪?"

"在……在凉热洞。"

"让你见鬼去吧!"彭泽虬挺剑一击,彭廷榆啊地惨叫一声,身子就缩成了一团。

彭泽虬抽出剑来,一股鲜血顿时映红了床单。彭廷榆抽搐了一会就死了。接着,彭四带彭泽虬等来到凉热洞,从洞中救出了被囚禁的彭肇相。

"嘿,你们来得好快呀,再迟点我就没命了!"彭肇相感激地说。

"我把这些乱党都捉来,请你去处置吧!"彭泽虬说。

"杀掉,给我统统杀掉!"彭肇相狠狠地说,"他们篡位犯了死罪,我一个不赦!"

132

彭泽虬和彭四遂即奉命将彭廷榆的几十个亲信乱党全抓获斩了首。帮助彻底平乱之后，彭泽虬才回保靖交了差。

彭肇相重新复了原位，当了爵主。但他在位只九年又忽患病逝去。和其长兄一样，彭肇相也没有儿子承嗣。于是，围绕这爵主的职位承袭，族人又展开了一场你死我活之战。

此时，彭泓澍的七太所生的儿子彭允植首先争着袭位。因为他不是嫡生子，族人多不肯服。彭廷椿是彭肇相的叔父，即彭元锦弟彭元钲之子。族中不少人想拥护他袭位，但彭廷椿害怕惹起祸端，带着儿子跑到上峒街避乱去了。南渭州知州彭凌高，见彭允植一个偏房所生的儿子入至官位，夺了司印，遂以讨乱为名，起兵包围宫廷，将彭允植及其党彭尚选等诛灭了。接着，彭凌高亲到上峒街，找到彭廷椿劝进道："彭叔，现在乱党已死，我等欲迎你归司承袭，请快回吧！"

彭廷椿道："我怕回哩！族人争袭不止，我不想卷入其中。"

"别怕，我已将乱党诛灭，谁还敢动你一根毫毛？尽管回吧！再说，你爷爷梁元钲是元锦祖的亲弟兄，由你袭位名正言顺，你怕什么？"

彭廷椿一想，彭凌高的话不错。有族人支持，自己袭位亦名正言顺，那就答应了吧！遂带儿子彭弘海一道回永顺。彭凌高接着主持仪式，正式于康熙十二年冬月（1673 年）拥戴彭廷椿当了爵主。

康熙十九年（1680 年），吴三桂盘踞荆湖，以兵临辰。其部将吴应琪到了辰龙关驻扎。一日，吴应琪派心腹干将刘南带着数人到了永顺宣慰司。

"你们是什么人?"宫廷门卫挡住这几人问道。

"我们是吴王派的使者,来找彭宣慰。"

门卫进去通报,彭宣慰决定作召见。

刘南几人被门卫带进了大厅。此时,只见彭廷椿高坐在太师椅上,两旁站着许多侍卫。

"彭爵爷!"刘南上前鞠躬行了一个见面礼道,"我是吴王派来的使臣刘南。"

"啊,远来的客人,你们有何贵干?"彭廷椿眼光一面打量着,一面直问。

"我们吴王已登基当了皇帝,现在正统军与清军决战。这次我是受吴王之命来给贵司送印札的,吴帝期望你们受封,当他的土司宣慰使,并共同对抗清军。"

"你们的印札在哪里?"

"带着哩,你看看吧!"刘南一摆手,一位随从即把一颗印章和专用纸札双手捧着呈送了上来。

彭廷椿接过印章纸札看了看,即随手交给侍从。

"好,印章我收了,你们回去转告吴帝,就说我收下了他的大礼。"

"好!你收了印札,那就表示了愿意归附!"刘南道,"今后还望携手共击清军!"

"你们去吧!有机会我会来回拜吴帝!"彭廷椿敷衍道。

刘南遂告辞回辰龙关去了。彭廷椿待他一走,立刻亲携印札等来到了辰州，向清军将领贝勒察尼密报道："将军，吴三桂派信使送来伪印章到了永顺，想拉拢我给我受封，我特来缴其印札。"

贝勒察尼接过印札看了看道："你不受其诱惑，把伪印札缴来，对清廷忠心可嘉。现吴三桂部盘踞辰龙关，清军正拟清剿。但辰龙关地势险要，其关外万峰插天，峭壁数重，谷经盘曲，难通铁骑。如要攻下此关，你有何良策？"

彭廷椿道："辰龙关虽然险要，但从关后绕去，倘有路可通。我司愿出兵协助清军一道攻克此关。"

"妙！"贝勒察尼道，"你领兵从关内进去，我领清军从关外堵截，咱们前后夹击，辰龙关之敌一定能剿除！"

"就这么办！"

"对，你回去马上行动。"

彭廷椿打马回到永司，立刻作了布置，让南渭州知州彭凌高出兵作前锋，立刻从关后偷袭辰龙关，自己亦领兵三千到达王村，扼住了辰龙关的上游关隘。

数日后，彭凌高率部从郭家溪和高岸同时进击，清军亦从关外进攻，在辰龙关驻守的吴应琪部，突然遭到两面夹击，一时抵挡不住，最后大败而溃。永司兵勇乘胜追击，取得了一场大捷，三千多吴三桂的士兵最后被彻底剿灭。

第十九章 献大木诏授总兵衔
造风水彭鼎葬甘溪

辰龙关大捷后，朝廷对永顺宣慰司大加赞赏。康熙帝下诏让彭廷椿父子进京授封。是年清廷又建太和殿，彭廷椿招来土经历田大立吩咐道："我准备进京谒见皇上，请伐楠木二百根，呈送清廷修殿。"

"遵命！"田大立点了点头，立刻布置几个舍把，到各寨传了土司王命令，限期每个寨子伐两根大楠木，准备运送京城。

十余天后，这一百个寨子各将楠木砍好运送到了灵溪。彭廷椿让土司经历逐一清点后，就亲自与儿子彭泓海一道率部押运，把楠木装船启运，从酉水抵达洞庭，然后再入长江航运到武汉，再以武汉改用马车拉运。沿途运送队伍浩浩荡荡，每根树要由几十个人抬运，也不知耗费了多少人力物力。经过两个多月的长途跋涉，这二百根大楠木最终被转运送到了北京城。

抵京的当日，彭廷椿为造成热闹的气氛，特意让一班土家锣鼓班子打起了溜子，这溜子土家又叫"家伙哈"。其操作工具是两对铜钹、一只鼓和一面铜锣。此外还请了几人吹"咚咚喹"。这溜子一打，京城人觉得稀奇，纷纷都来观看热闹。连宫廷内的康熙皇帝，听说永顺土司献楠木来了，还敲打着一种乐器，也感到有些好奇，遂传令彭廷椿带乐器手们进宫来表演。彭廷椿带一班乐器手进至宫内，在大殿中给皇上又表演了一阵。众大臣和皇上都看得如醉如痴。乐器奏过后，康熙帝便问道："彭宣慰，你们打的这乐器叫什么名儿？"

"叫家伙哈！"

"啊，家伙哈，真新鲜！那表演的曲子叫什么名？"

"多哩，有'八哥洗澡'，有'喜鹊闹梅'等等，总计有一百多曲目呢。这些曲子都是艺人们平日模仿禽兽动作创造而成，所以很形象逼真。"

"不错，不错！"康熙帝又道，"想不到土家人还有这么好的乐技，今后皇宫也要用这乐器，朕要多多欣赏！"

"好办！好办！这些乐器手只要皇上喜欢就都给皇上留在朝廷，不知皇上意下如何？"

"好，这些礼物我都收了。"康熙帝又道："你们土司还有些什么表演技艺？让朕再开开眼界。"

"有啊，我让他们再给您跳几曲舞看看。"彭廷椿说罢，即挥手让艺人们又跳了土家摆手舞、茅谷斯舞等舞蹈。当看到这些演员们穿着一种茅草，胯间拿着一根木杵，做着种种示雄动作时，皇上问道："这舞的动作是啥意思？"

"这是男人们的骚劲，反映的是男人的雄风！"

"哈哈，真有意思，土司人舞蹈，真的与众不同哩！"

表演完毕，彭廷椿又命随从将一些土家织锦工艺品送给皇上，那织锦有各种印花、鸟兽、云霞、彩虹等数百种图案，康熙皇帝一面欣赏，一面问："这是什么布？"

"西兰卡普。"彭廷椿解释道，"我们土家有个姑娘名叫西兰，她从小跟着阿妈学会了织布，她把各种花卉都织上了，有种白果花在夜里才开，她为寻找这种花，不幸被打死了，后来土家人为纪念这位姑娘，就把她的织锦取名叫'西兰卡普'。"

"啊，西兰姑娘是被谁打死的？朕要治他死罪！"

"是她的嫂嫂挑拨阿爸，说西兰夜不归屋做了丑事，所以被她阿爸打死了。西兰死后，变了一只鸟直叫：'后园白果开花，嫂子是非小话，阿爸错把我杀，死在白果树下。'她阿爸听到后好后悔，但是已经迟了。"

"这真是个糊涂老子，还有西兰嫂子，传我的旨令，马上杀头！"

"皇上，这只是个传说故事！"

"朕知道！"康熙帝哈哈笑道，"这样动人的传说，也只有土司的地方才有哇！"说罢，康熙帝随即吩咐给永顺土司带来的所有演艺人员奖赏银币若干，同时赐彭廷椿宣慰使蟒袍一件，又下诏授其子彭泓海怀远将军，领总兵衔。彭廷椿和彭泓海跪谢了龙恩，在京城游玩了数日，方才率随从返回。

再说保靖司主彭鼎勤理司政，治理有方，在任二十九年内境内都很泰安。到了康熙二十六年（1687年）春，彭鼎患病卧床不起。此时，他自知来日不多，乃作了一篇《自叙》传记留给子孙。其文曰：

余谨承父职，聿修祖德。惟时当熙隆，朝野安靖，不奉征调，无从建立，惟固守成业而已。因思祖宗传位以来，时势不一，其间立奇功、报奇效者固多，而处承平、守成业者亦复不少，要皆各遇之所为，非强而能敌。虽然，守成不易，亦有道焉，是必以世德之求，朝夕皇，则庶可以立身而治政，宜民而善俗。今日者，余不敏，有兹土矣，阅庚子承袭以来，他务未遑，亦惟重念先人创业之难，余身守成之不易，兢兢业业，奉法明条，遵宪守度，矢忠贞而笃孝养，崇仁义而尚节俭，上之以为丕承先烈之基，下之以为贻谋燕翼之本也。

且本司之治，踞楚上游，居其左者有永顺焉，处其右者有酉阳焉，星罗于前者有桑（植）、容（美）、忠高、东平等司，棋布于后者有红、黑貉豹，生熟苗焉，惟余居中而区划之。不惟蠢尔苗类，畏威而怀德，即远尔友邦，亦讲信而修睦，如此者岂余自炫为哉，亦曰不如是不足以言守成也。故余叙之于父祖之下，以示后世之为子孙者，遇其建立之时，则以效祖宗之功烈，遇其守成之时，则以效余今日之职也。尚其勉之勿怠。

是年夏天，彭鼎在其保靖治所病逝。他死后，遗体被葬在甘溪后山。此处墓地是早三年前就选定修好了的。其墓地修得奢华壮观，墓内陪葬了不少宝物，但后来被掘墓盗窃一空。

彭鼎的墓志铭保存完好，其文刻写如下。

钦赐蟒玉防剿湖北路苗总兵官左军都督府左都督加九级纪录三次爵府彭公志：

公讳鼎，诞降于大明崇祯甲戌年九月二十四日。其先发于江西之吉水，后晋四年以吉刺使来守是邦，国史家谍详焉。历汉、唐、宋、元以来，祖功宗德，世为阃内冠冕，迨至我公，威望令声，尤为较著。当其在贵胄时，逸才命世，弱冠秀发，规模卓越之概，早基于此，及其壮年践祚，举前人所未逮者自公缵之，后人所难为者自公开之，其不愧为孝子贤孙，上不愧为显祖烈考，更不愧为斯世一大完人矣。

公之硕德懿行，难以枚举，略举其概：如境治环绕皆苗，种类杂处，负隅窃发，出没无常，公之先，旋剿旋报，迄无宁晷。至公起，大者威之，小者怀之，不数年而诸苗悉平，除恢复先翼飞锐并忠镇顺义凯旋之六旗，同入版图焉，而苗患口矣。靖治三十里外，地名甘溪，土沃民殷，俗则枭悍难驯，更因连诸苗为辅车之势，患莫大焉。公之先，议剿议抚，卒莫有成。公于乙卯（康熙十四年）秋，率股肱心膂之众，拔巢陷阵，以身亲之，越四月乃下弦之期，悉命诛锄，更易其名为威镇庄，而内患平矣。靖治邻封，惟永顺为较近，永之家难，世代频仍，延及彭肇相者，未几为房族延榆所夺，相几不免。公念乱世贼子，风化所关，于是仗大义，执大言，命其子泽虬率三百众，诛廷榆父子七人于境内，函其首以报当事，返其孤以归旧物，余党侧目，中外快心，此公之功在邻疆矣。靖治逼近楚南，常武、辰阳两郡，尤称密迩。庚申、辛酉间，戎马四集，城舍鞠为战场，两郡之守令、缙绅、土民、商贾，徙家于境者以万余计，旋值岁时告凶，人心惶惶，公出仓谷二千石，令土民、商贾只半纳其价，其余守令、缙绅，不但月供岁给，亦且礼遇优隆，两郡之人，虽愚夫愚妇，莫不颂声载道，此公之德在远方，而名在古今矣。乙丑竿苗逆命，公奉命往征，其时郭协总镇，靳、赵、王、李辅行，虽有士卒而战弗克，无如险隅，久而未下。十月内，檄调靖兵五百人，外发交枪手亦如之，二十五日公自出粮不费国用，亲率五营副将彭泽蛟、泽虬、泽鳌、彭辅、彭巽、余大吉等，共统精兵五百人。二十五日驻湾溪，谒见监军辰沅总镇，效劳计虑，金曰在德不在威，惟剿抚并行可也。二十八日驻爆木营，会诸同事者，口不谈兵策。十二月初四日，我军大进攻，取主朝、大塘、鸭堡等寨，惟公节次独斩首百十颗，生擒七十又七名，逆苗畏服，丑头底定。公于次年正月二十日报捷班师，内外咸宁，汉土胥平，公之仁且智而勇在天下矣。更可翼者，公负俊伟杰出之资，志在名媛淑贤为之配，何幸永之先爵讳宏澍者，慕公之品，重公之行，知其后必有大过人者。惠然以二女妻之，长元英、次德英，即所称正印，镇衔两夫人是，贞静幽娴，后先媲美，诞有嗣君，实为正印。思此作合之奇，虽后世官吏有录者，予又何可不录也。公感乃翁识鉴之情，喜两夫人内助之贤，不但期聚首于百年之前，更期聚首于百年之后。因于甲子（康熙二十三年）之冬，卜地甘溪后山之阳，大启其墓，相视经营，备极其至，左则老太夫人和氏墓道，右则一冢三穴，两夫人与焉。予于丙寅（康熙二十五年）冬，奉檄至，因得以游览胜概，偶即其地，山明水秀，气象万千，巍然一大观矣，不禁为之浩叹曰："如我公者真所谓建功立业，或在古今，或在社稷，或在邻封，或在天下，且也宜室宜家型于之化，复见祖德益彰，信乎下不愧为孝子贤孙，上不愧为显祖烈宗，更不愧为斯世一大完人也，是不可以无辞，于是拜首而为之志。"

大清康熙丁卯（二十六年）孟夏，湖广辰州府粮捕厅加一级奉政大夫世弟罗拱宸顿首拜撰。

墓志的最后刻写着彭鼎二十五个儿子的名字，依次为泽虹、泽鳖、泽虬、泽蛟、泽骊、泽鲸、泽蜃、泽鲤、泽蛋、泽鲲、泽蟠、泽蜓、泽鳞、泽驷、泽鲩、泽骥、泽蝓、泽螽、泽蟊、泽蜿、泽骏、泽蛳、泽蝌、泽蝉、泽蟒。

彭鼎作为土司爵主，可谓英雄一世，风光一世。他给自己的儿子取名多带虫旁或鱼旁，用意是期望儿子们都能像出入水中的有名动物一样，既有本事，又有作为。但不料这些独生子在他死后却相互争权夺利，仇杀不止。保靖司不久就被这些儿孙们闹得天翻地覆，此是后话。

第二十章　唐宗圣首次叛主
向国柱宫中被刺

　　当保靖宣慰司使彭鼎去世之时，湘西的另一支土司——桑植宣慰司内，这时也发生了一场大变乱。

　　且说桑植司自元统三年（1333 年）向仲山迁司到桑植两河口居住之后，世代承袭，已历经了 300 年历史。清顺治四年，桑植宣慰使司向鼎率部归附清朝。朝廷授其原职，颁给印篆。向鼎传位给向长庚。到康熙四十六年（1707 年），当了 40 多年老土司的向长庚，忽然在两河口治所患重病卧床不起了。臣侍、家仆想尽种种法子，请郎中开了许多药都未能治好其病。一日夜里，老土司自知回天无力命在旦夕，乃将经历唐宗圣、总理孙宣、妻子唐氏及长子国柱、次子国栋等叫至床前嘱咐道："我……我不行了！你们几位听着，我死后，按规矩由长子国柱继承我职，你……你们大家要同心协力，扶持国柱，管好司政，别……别出什么乱子！"

　　"放心吧，主爷！"总理孙宣说，"我们会谨记你的嘱托，扶助国柱管好司政。"

　　夫人唐氏流着泪道："老爷子，你不能丢下我们啊，你的病会治好的！"

　　"我……我好不了啦！"向长庚咳了几口痰又道，"国柱，你……你袭位后要用功理政，不可妄为懈怠。"

　　"爹，你放心，孩儿一定记着！"向国柱跪着应允道。

　　"国栋，国材，国梁，你们几位弟兄要一心帮助国柱管好司政，不能起二心。"老土司又叮嘱道。

　　"是！"国栋和国材、国梁齐声应允着。

　　"宗圣，你担着经历大任，国柱袭职后，还靠你多扶持了！"老土司最后看着唐宗圣叮嘱道。

　　"我自会拥戴！"唐宗圣又道，"大王尽管放心。"

　　老土司遂不再言。又过半个时辰，一阵病痛袭来，老土司在滴水龙床上挣扎了几下，就两腿一伸，驾鹤归西而去。

　　接下来的数十天内，土司宫内请道士做道场，少不了一番治丧的忙碌。待到七七四十九天道场做完，老土司被送上山安葬完毕后，新土司向国柱便登基袭了位。

　　向国柱时年只有二十一岁，个头长得瘦高，尖脸长发，年轻气盛。他自小在宫中受到母亲宠爱，脾气十分任性暴躁。而又喜好荒淫。当了土司王不久，即把乃父的告诫忘在脑后，更加为所欲为。一日上午，担任宫中总理的孙宣，请示他道："启禀大王，今有王家寨土民王明兴娶新娘子，大驾是否临幸？"

"啊，新娘是哪个？长得乖不乖？"向国柱嬉笑着问。

"新娘姓张，是张家湾张老儿的女儿，她的美貌闻名暇迩，寨里人都称她一枝花。"

"好，好，即是这等美女，快快给我送来，让我在宫中品赏，那土民屋里我就不去临幸了！"

"遵旨！"孙宣随即退下，接着带十多个兵丁到了几里外的张家寨子。其时，新娘的花轿刚刚才抬到新郎家中。

"王民兴，你出来一下！"孙宣大声叫道。

一个头裹青布帕的土家汉子走出新房门道："什么事？"

"主爷有旨，特接新娘到宫中临幸！请你让她上轿吧！"孙宣宣旨道。

"嘿，这新娘是我的，土司怎么又要强人所难呢？"王兴民愤愤地问。

"咱们都是土司的臣民，土司要怎么样就怎样，这娶亲的初夜权历来就归他有，难道你敢抗旨？"

"很多人家娶亲他都没去找新娘，为何就不放过我？"王兴民又问。

"因为你这新娘子太乖，这你还不知道？土司就要漂亮的姑娘嘛！"孙宣哈哈笑道。

"求你们高抬贵手，放我娘子一把吧！"

"不行！"孙宣一挥手道，"谁敢抗旨就会掉脑袋，你给我滚一边去吧！"说罢，只一挥手，众兵丁就进屋将新娘抢了出来，然后放进轿里，飞快抬着送到了土司宫中。

是夜，在通红的花烛高照之下，土司王在他宽大的龙床上，便销魂荡魄地将那抢来的新娘子占有了一夜。

第二天，新娘子被孙宣着人送回。新郎王明兴气愤之极地说："新土司是个色鬼，迟早有一天我会杀了他！"

过了几日，王明兴办完喜事，便来到土司城中，先找到五营中军舍把唐宗靖商议道："唐表哥，我想投中军来当兵，你看行吗？"

"你想当兵，当然行，我这里正欲扩召人马，你来得正好。"

"那我就谢谢了！"王明兴作了一辑又道，"我这就算来报到了。"

"好！"唐宗靖点了点头，忽又问道，"听说你刚娶新娘子，还给土司占了初夜权，可有此事？"

"别提了，说到土司王，我恨不能把他一刀宰了！他太荒淫了。"王明兴愤愤地说。

"唔，这话你可只能当我说。"唐宗靖小声道，"我们是表亲，不介意，但要传到土司耳里，那就要杀你的头了。"

"我知道，我就是咽不下这口气。"

"嗯，你想出口气吗？我想会有机会的。到时我会来找你。"唐宗靖嘱咐他道，"现在你莫声张，待我与我大哥商量好了，再来请你一道出手。"

"好，你们快商定计策，我恭候听令！"王明兴点头应允。

当夜，唐宗靖即来到大哥唐宗圣家里，两人在卧室中商议了一番除掉土司向国柱的计策。

唐宗靖说："向国柱脾气暴躁，好色荒淫，在土民中已不得人心。我看咱们应该把他除掉，另立新的土司。"

唐宗圣道："依你之见，该立谁为主？"

"我看你那女婿向国柄可以承继。"唐宗靖说，"只要国柄掌了权，这土司权力就会落到大哥你手里。"

"此意甚好，但国柄是庶出之子，只怕国柱、国栋几弟兄不服。"

"可将国柱、国栋一并除掉，这样可绝后患。"

"国栋比国柱精明，才干要强，对付他你要小心翼翼，莫搞得弄巧成拙。"唐宗圣想了想又叮嘱道，"此事有碍姐姐唐夫人，我也不便出头露面。立储之事就全靠你去操劳了。"

"只要你暗里支持，我保证会把此事办好。也无需你出面。"

"那就照你的意思办。"唐宗圣叹口气又道，"新土司无德无能，废除他合乎民心，只是弑君之举，未免有点残忍。但为社稷之计，不流血则难成大事。也罢，这事就如此定了。我近日准备去津市大通寺隐居一段。对外称到省办事去了，待我走后，你可按计行事。"

两人如此商妥，唐宗靖便暗中作准备去了。第二天上朝，唐宗圣便禀告土司道："大王，微臣打算今日启程去长沙，将你袭职一事向藩台呈报，然后请他们转呈皇上，再给你正式颁发任命圣旨，你看如何？"

"好！此事该办，你快去快回吧！"向国柱不暇多思，立刻应允了。

　　唐宗圣随即告辞出宫。当日下午，既带了几个家仆，雇请了一条乌篷船，从两河口下了河道，然后顺澧水而下，直往津市行去。

　　五天后，唐宗圣一行三人在津市码头下了船，然后到了大通寺。该寺主持法名慧觉，与唐宗圣相识。两人见面后，慧觉便问："唐施主，尔来有何贵干？"

　　"大师，我特来拜佛祭祖，想在贵寺小住几日。不知大师可容留否？"唐宗圣说。

　　"你来拜佛，但住无妨。我这里尚有数间客房，你就去休歇吧！"

　　"多谢大师！"

　　一位小僧遂领客人到了寺内一厢房，唐宗圣就在这里悄然隐住了下来。

　　唐宗圣走后数日，唐宗靖即调兵遣将，开始了政变行动。这日傍晚，他将心腹党三、武胜高、覃启凤及中营兵丁王明兴叫来吩咐道："今晚我们去攻土司宫。你们几人要打头阵，先把门卫干掉。再去杀土司。"

　　"遵命！"王明兴激动地说，"我早就等着这一天。我要亲手杀了他们才解恨。"

　　是夜，月亮高照，万籁俱寂。唐宗靖指挥五营中军300余人，突然举着火把夜闯宫中，将守门的几个卫士首先父掉，尔后直扑后宫。此时，宫中总理孙宣正在室内与土司王对弈下棋取乐，听见院内喧哗，孙宣起身到门外一看，只见数十个持刀执戟的兵丁举着火把已到面前。

"你们干什么？要造反哪？"

"孙总理，原来是你！"王明兴上前用刀逼着他头道，"土司王在哪里？"

"我……我不知道。"

"你不知道？想骗人？"王明兴把刀尖一晃道，"不说就杀了你！"

"你们是罪臣孽子，大逆不道，如此造反，迟早也会被诛灭的。"孙宣大吼着。

"嘿，叫你骂吧！"王明兴一刀砍去，孙宣的脑袋就落了地。

党三、武胜高、覃启风等人旋及冲进内厅，将吓得躲在床脚下的土司向国柱拖了出来。

"别……别杀我，你们要什么，本土司一定满足你们。"

"我们要你的狗命！"武胜高说罢，举戟一刺，向国柱"啊"地大叫一声即倒地而死。此时王明兴跑进来，照那土司的下腹又砍了几刀。

护卫土司王的宫中卫士，此时也被唐宗靖的兵丁一个个杀死了。接着，唐宗靖又指挥兵丁到土司宫旁的另一处庭院去搜寻向国栋，但该院搜遍了却不见向国栋的踪迹。

你道向国栋跑向何处去了？原来，当夜宫中未变乱前，向国栋正在院中房内看书。忽然，一阵敲门声响起，向国栋即问："谁呀？"

"是我。"门外传来一个女子声音。

向国栋将门打开一看，原来是一身着土家花布衣、头上戴着丝帕帽、手中挥着一把亮闪闪宝剑的女子。

"姑娘，你找谁？"向国栋感到有些奇怪，自己并不认识这位女子。

"我来找你！"姑娘回道，"你不认识我吧。我叫甄小玉，是云旗长甄大绪的女儿。"

"啊，你是甄旗长的姑娘，久闻，久闻！听说你武功了得。"向国栋立刻热情招呼道，"快坐吧，小玉姑娘，你一定有什么大事才来深夜找我吧？"

"是呀！"甄小玉说，"我不坐，我是专来告诉你消息的。听我父亲说，宫中今晚有人要作乱，他们会斩杀你的，你快跟我走吧，晚了就来不及了。"

"你爹怎么知道有人要变乱？"向国栋惊问。

"五营中军有个舍把与我父亲相好，他透露消息，说今晚唐宗靖攻打进宫，要斩杀土司，还要诛你们弟兄。"

"糟了，那我得赶快呈告我大哥呀！"向国栋着急了。

"不行，我怕来不及了。"

甄小玉话刚说毕，果听土司宫内外已响起了一片喊杀声。

"快跑吧，再迟疑，他们就会杀过来。"

向国栋一时无奈，只得跟着甄小玉匆匆跑出了庭外。

两个小时后，向国栋由甄小玉带着，到了云旗头人甄大绪的家里。一见面，甄大绪即说："好，你跑出来了就好，我还担心你跑不脱哩！"

"我不要紧，我大哥可糟了，他一定被叛逆杀了。我该怎么办！"向国栋很着急。

"只要你没遭毒手，唐宗靖的阴谋就难得逞。"甄大绪安慰他道，"你大哥死了，按规矩该轮你承袭土司王位。你先在我这里住着，待明日把情况弄明，我们就可出兵平息宫中叛乱，拥护你登王位。"

"多谢旗长相救！"向国栋又道，"我没料到唐宗靖竟会叛主，他还是我的表舅，想不到亲族之间会闹出这场乱子，想来不能不令人痛心。"

"公子不必难过！"甄旗长又道，"古往今来，朝廷中为争夺皇位，不知发生过多少骨肉相残的事，西汉的吕后，唐朝的武则天，他们原本都是皇帝的亲族，为了争权夺利，杀了多少功臣，又害了多少亲族？就是亲兄弟、父子，相互残杀的难道不少吗？三国的曹植，唐朝的李世民与李建成，不都是例子吗？故你若欲袭位，就得以铁腕去巩固司政，去对付你的劲敌，而不可顾全亲情。"

"旗长所言，很有道理。"向国栋点头道，"我若当了土司，一定多谢你指点。"

"不必客气。"甄旗长道，"现在你去休歇一下吧！"

向国栋即由甄小玉领着，到了甄家西厢房中去休息。临睡前，甄小玉又端一盘热水来，服侍向国栋洗了脚。向国栋感激地说："小玉姑娘，你救了我命，又对我这么好，我怎样才能报答你？"

"我救你可不是图报答。"小玉娇嗔地说，"不过看你人好嘛！"

"好，你是个好姑娘。假如我袭了土司职，我就娶你到宫中做王后，你可愿意？"

"是真的吗？"

"当然是真！"

"一言为定？"

"一言为定！"

两人相互看着，眼睛对着眼睛。小玉不由得羞涩地低了头，向国栋情不自禁地将她揽入怀中，两人亲密地拥吻了许久才分开。

第二天上午，忽有东旗长王正腾、先旗长唐启先、五营中军官张启鸣、亲族舍把向风旗、向占中、向恩周、唐把中、唐启国、唐兴中等相继率部来到云旗，大家一起商议了一番平叛之计。

五营中军官张启鸣道："昨晚唐宗靖率五营中军三百多人攻入后宫，将土司王和孙宣总理都杀了。还想一并斩杀国栋兄弟，却不料你脱逃到这里了，现在他们正着慌哩。"

先旗长唐启先道："唐宗靖弑君犯上，胆大包天，我们应该速集兵力，前去剿拿叛逆凶手。"

"对，咱们要赶快去平定叛乱，保护国栋入宫中。"东旗长王正腾表态说。

云旗长甄大绪又道："现在司王已死，按规矩土司王位该由国栋承袭。如今主人避难此处，我们理应拥护新主去宫中就位。唐宗靖一伙叛逆不得人心，他手下只有几百兵力，不足为虞，我们速速出兵，定可拿下彼等反贼。王爷，你看哩?"

"好，能得大家拥护，我非常感谢。"向国栋点头道，"唐宗靖等凶手将我胞兄杀死，实乃罪大恶极，尔等助我平叛，现在可速出兵。"

于是，众旗长、舍把各率兵丁，共集合了千余兵马，浩浩荡荡直向土司城开去。

此时，唐宗靖在宫内正如热锅上的蚂蚁。因为向国栋脱逃，使他欲立向国柄为土司的计划破灭。他知道向国栋去了云旗长之处，很快会聚集兵力来围攻土司宫。而众亲族舍把也会附归于他。按照土司承袭继位，向国栋名正言顺，向国柄是庶出之子，不可与他相比。眼看变乱计谋失败，唐宗靖匆忙与几个心腹逃出城外，在连云寨暂且住了下来。五营中军却交给王明成、王明兴带着据守宫中。

不一会儿，向国栋领着千余人马已出现在了土司宫外，守宫兵丁见向国栋亲来征战，一个个都无心抵抗，宫门很快被人打开，王明兴号令不灵，在略作抵抗之后，即和王明成等数十人同时被擒。众兵丁押着王明兴等来到宫外，听候向国栋的亲自发落。

向国栋审问道："王明兴，你为何要犯上作乱?"

"我痛恨土司荒淫无度，他以初夜权为名，占有了我的堂客，我恨死了他，故要杀他。"

“和你一起作乱的唐宗靖到哪去了？”

“不知道，他没告诉我。”

“你不说实话？”

“我说句句是实，你要杀就杀，不要诬我。”

“好一个痛快汉子，赐他个全尸。”向国栋一挥手，众兵丁即把王明兴等作乱者押到城外，一顿乱刀杀死了。

平息了叛乱，向国栋随即入住了宫中。那些逃乱的后宫眷属，遂都回来了。向国栋当晚问候了母亲唐夫人。宫内事变发生时，唐夫人还一无所知，向国柱被杀后，她才知道是唐宗靖作乱。

“栋儿，你打算怎么处置这事？”唐夫人问。

“禀母亲，我舅唐宗靖犯下弑君大罪，按理应当处斩，但他现在藏匿在外，孩儿正拟通缉捉拿。”

唐夫人听罢此语，一时沉吟不语。半晌，她开口道：“如今国柱已死，你可承袭司职。当了土司王，要管好司政，就得收揽人心。依我之见，你舅虽然犯下叛主大罪，然而他毕竟是你亲舅，看在亲族份上，我求你饶他一命。”

向国栋道：“母亲有此意，我理当考虑。不过，杀害我兄之凶手，是他的几个心腹，必要除之才免后患。”

“这可由你罢！”唐夫人道，“你只莫杀宗靖，也莫殃及无辜。”

“母亲放心，我不会大开杀戮。”

向国栋说罢，就告辞走了。

过了数日，唐宗圣忽乘船回来了。他家门未回，即到土司宫拜见了向国栋。

"唐经历，你怎么外出这么久才回？"向国栋问。

"主爷，你有所不知。"唐宗圣道，"自从先君去世后，我想去长沙向藩台禀报变故世情，并呈皇上接到恩批，国柱袭位。谁知逢到枯水时节，路上耽误了七八日才到长沙。未等朝廷圣旨颁下，我即往回赶来，途中听闻宫中出了变故，听说唐宗靖谋反，他的手下杀了国柱，这却如何是好。我放心不下，就忙忙赶回了司城。不知主爷可拿获了凶手否？"

"唐宗靖现在藏匿了起来，我正在派人追查。"向国栋道，"此事你真一点儿不知？"

"我哪能知道。"唐宗圣道，"我走时没听说宗靖有什么举动，想不到他竟会做出这等蠢事。看在舅舅的份上，我求你还放他一马。"

"他现在躲藏不出，我怎么饶恕他？"

"我帮你查找，一定叫他来自首！"唐宗圣说。

"好吧，你先找找看。"向国栋点了点头。

唐宗圣随即告辞出了土司宫，接着便真请人开始四下打听，想尽快找到唐宗靖隐匿的踪迹。

第二十一章　顾天石应邀游容美
田舜年怒斩九寿儿

　　却说与桑植毗邻的鄂西境内，时有容美土司，康熙年间，势力渐渐强大起来。

　　容美司即鹤峰土司别名，其地处鄂西边陲。一般人迹罕至。该司宣慰使姓田，名舜年，字眉生，号九峰。其先世田弘正乃唐魏博节度使。元朝末年，容美始置军民总管府。明初置军民宣抚司，后升宣慰司。田氏自田光宝起开始世袭土司，至田舜年时，已历十六世。田舜年的父亲田甘霖，明末时率先归附清朝，清世祖曾封其衔至太子太傅左都督。后来，田甘霖被吴三桂部将所杀。田舜年承袭父职，继续坚持抗吴自守，吴三桂兵败后，清朝廷以其功加封他为骠骑将军。

　　田舜年雄踞一隅，治理司政之余，爱博览文史，工诗古文，并喜接交文人名流。康熙四十二年（1703 年）正月的一天，司内覃千总忽然送来枝江县令孔毓基一封亲笔书信，田舜年拆开一读，只见其信略云：“今有农部孔东塘先生（名尚任）之诗友顾天石路过我处，闻君好客欲来容美一游。未知尔可派人迎邀否？”

田舜年读毕十分高兴，因为孔尚任所写的名剧《桃花扇》正在各地演出。这位名人的诗友，必定也不凡。他随即写就一回书，仍派覃千总张千总和两位干办舍人速去枝江送信迎客。

正月二十七日，覃千总一行持着书札来到了枝江县令府中。孔县令接过回书一看，见只其信回道：“弟舜年荒缴武夫，见闻寡陋，尝愿得交海内大君子，而惠顾者寥寥。顾先生华国凤麟，乃不远千里崎岖来赍，辱赐佳作，何以克当。今差员奉迎，幸即概移玉趾。是望，草复。”

孔县令把这回书送给顾天石看，顾天石读罢叹道：“田宣慰一片诚意相邀，但我新近小疾，而容美路险难行，心实有疑虑啊！”

孔县令道：“过数日你的小病会痊愈。那时你只管前去无妨。不然，会辜负田宣慰一番好意。”

“对，吾主法甚严，若不往，必以使者为速客不虔，归而取重罪矣。”覃千总又道，“且吾主近营别墅于宜沙，定期于彼侯客，去此不过数程，路经颇幽，山光花鸟，尽可娱悦，勿忧道途寂寞也。”

顾天石感到盛情难却，乃应允休息几日即去容美。

二月初四清晨，一行人吃过早饭，即从枝江署出发，各骑着骡马往容美方向走去。沿途日行夜宿，每日只走三五十里，一路只见荒山野岭乱石嵯峨。路经狭窄，十分难行。好在景色崎妮，风光诱人。顾天石果然诗兴大发，每过一地，必作诗一首。从枝江入松滋再至石门宜沙，六天内连作了九首诗。兹选录五首如下。

枝江寄赠田九峰使君

天险山河带砺新，此中搴搴有王臣。

地非绵谷难通汉，路入桃源好避秦。

千载雍熙如太古，四时和煦尽阳春。

祗因跨鹤返仙驭，倘许渔郎再问津。

行入松滋界

冒雨褰裳径涉川，四围山色尽苍然。

六丁未凿疑无地，一线初开忽有天。

丛箐九秋藏虎豹，寄峰千仞碍鸟鸢。

相呼直到清虚境，我欲穿云抱石眠。

苦竹坪

一点苍苔一片山，喜逢忧处极跻攀。

石形似兽狞相顾，藤刺钩衣密未删。

黑虎欲来风凛凛，紫花争发涧潺潺。

由来此路人寰隔，祗许仙翁采药还。

渔阳隘

未了前坡更后坡，紫苔凌乱石嵯峨。

158

山当秀处人偏少，花正开时雨恨多。

野宿燃薪防猛兽，涧行扶仗拨青螺。

林间倘遇仙家弈，又使樵人烂斧柯。

溪上作

浣手青溪弄急湍，好山无数不胜看。

苍林惨似熊罴啸，怪石森如剑戟攒。

何处烟霞停变幻，此中风味极高寒。

三湘七泽青冥外，更欲凌虚一纵观。

　　到了宜沙，见一木楼，名曰天成，乃田九峰的别墅。顾天石一行走近这栋房子，在别墅内等候多时的田九峰欣然来到门外热情相迎。宾主一番叙谈，犹觉意气符合。当晚田九峰置下酒宴，尽情款待了顾天石。

　　在宜沙休息了数日，田九峰先行回了中府司署。顾天石一行从宜沙又一路游览，经南府、麻寮所，到达中府。途中又费了十余日。

　　中府即容美宣慰司治城。顾天石细观此地，但见容美司城坐落在芙蓉山南麓，其城前列有八峰，左峰则右倚，右峰则左倚，宛如凤凰晒翅形势。司署沿在石坡之上，司营前有三级台阶，司内房舍，多柱蟠金鳌，榱栋宠丽。后宫庭院，曲深楼高。倚楼远眺，八峰之胜，尽入眼中。八峰之外，还有一司主统治，加起来岂不是容美之九峰，田舜年号为田九峰，寓意可见其深也。

　　顾天石如此揣想着，觉得容美司这位爵主倒也不同凡响。而

159

田九峰对这位朝廷来的大诗人也优渥有加，关怀备至。到中府的当日下午，即摆下丰盛宴席，作洗尘之礼。又让自己的长子田丙如（已袭宣慰）、次子田如等都前来作陪。酒席过后，又请一班戏人演唱了孔尚任的《桃花扇》。

夜深之后，顾天石被安排送到了百斯庵居住。那百斯庵地处城边，环境十分幽静。顾天石上床刚睡不久，忽闻房外有老虎吼叫，众犬跟着狂吠。周围土人纷纷出屋执火炬逐虎，那老虎竟啮一犬，往深山扬长而去。

第二天上午，田九峰的长子田丙如来谒见顾天石道，"昨夜有老虎出没，可吓着君否？"

"吓不着，有众人驱虎。"顾天石道："倒是你司土民常居深山，可畏虎不？"

"老虎不足畏，比老虎可怕的是外敌犯境。"

"怎么，你这里还有谁人敢来侵犯？"

"别的倒也没有，就是桑植司与我们结了仇，时常骚扰我司边界，我司亦常出兵犯桑司边境。"

"听说容美司与桑植司不是结了亲家，通了婚姻吗？为何反而不睦？"

"尔有所不知。我们是结了亲家，我娶的老婆就是桑植司主向长庚的女儿。但我们从结亲的那一天起就生了仇恨。"

"这是为何？"

"说来话长啊！"田丙如叹口气道，"那时我还年轻，我父亲做主要为我娶桑植司主的女儿为妻，桑植司主亦应允了这门亲

160

事。我们两家原本都是为两司缔结友好关系才想开亲的。谁知娶亲那天，我带着聘礼去提亲，我那岳父嫌聘礼少，竟大发脾气，将聘礼甩到了门外。我忍气吞声补了聘金才将新娘娶回。此后，我们双方就一直面和心不和，最终发展到兵戎相见，互犯边界。"

"如此说来，你们两司结怨，起因并非大仇大恨。此事只要能忍，亦可化解呀！"

"难也！我们已冲突几年了。"田丙如道，"这事不必提了。你只管痛痛快快在我司游玩，我让舍把唐柱臣天天陪你，有事还可随时来找我。"

"行！行！不必太麻烦你们。"

"不用客气，需要什么，只管说！"田丙如说罢，就告辞回了司署。

顾天石从当日起即在舍把唐柱臣的陪同下，到容美司城各处细细游览了几天。

那容美司城各处的景点很多，如南门外的龙溪江、九龙桥、八峰街内的长松阁、西门外的紫草山、秃龙洞、北门外的古芙蓉州治、大东门外的细柳城阁、云来庄、浣云桥，平山上的关夫子庙、乐天园，司城后的小昆仑山，都要仔细观览问讯，唐柱臣是司中掌管文书之类的亲信舍把，当地的有关地理掌故都很熟悉，顾天石在他的解答之下，弄清了各风景点的历史背景及其自然特色，很快就写出了几十首游览诗篇。

过了六七日，田九峰又到署中举行盛大宴会，特请顾天石赴宴叙谈。席间，田九峰问道："顾大诗人，你这几日游览容美，感受如何?"

"不错,感觉很开心!"顾天石如实回道。

"写了游览诗没有?"

"写了,已作一二十篇了。"

"啊,写了这么多,念几首给我们听听如何?"

"行,我就给你们背诵几首。请大家赐教。"顾天石说罢,即朗声吟了一首。

龙溪晴望

春霁山弄晖,排云故争秀。

亭泓龙溪水,雪浪溢危溜。

山桥一徒倚,佳色献明昼。

野花无主名,艳蝶正奔凑。

钩金齐画出,万叠峰蛮皱。

如栖武夷间,若对阆风岫。

壁悬新年青,石错古时绣。

铁壁生丹霞,铜坑隐白兽。

俱非人意料,殆亦天结构。

萧森气何寒,盘错胇良厚。

美哉山川险,可以御兵寇。

綦布野人居,星罗戟门秋。

桃花新涨足,高怀事耕耨。

吾亦念田园,身恰客中瘦。

诗翁饶绮语,无以出其右。

杳然迷所之，归遵涧樵后。

"好，你这首《龙溪晴望》写得颇有生气。请你再念一首如何？"田九峰含笑点头道。

"再有写天园的两首，我且吟之。"顾天石又背诵道：

乐天园二首

乐天知命复何求？想见真人此静修。

皱石影中登杰阁，异花香里上丹丘。

帘光晚映三湘雨，簟色凉含一壑秋。

已叹众春园绝胜，那知重入武夷游。

人言此是桃源地，不信桃源如许奇。

岩静仙翁丹鼎在，峰高神女佩环移。

长卿莫漫夸梁苑，山简何劳借习池。

归路晚云扶上马，野峰黄蝶乱催诗。

"好诗！好诗！"田九峰听罢，不住的称赞道，"到底是大诗人，出口成章，诗句绝非一般人可比。"

"过誉了，请多指点。"顾天石谦逊地说。

"我看，你就在这里住一年，在我司中办个诗会，让我司的子弟们都来跟你学诗，如何？"田九峰又道。

"办个诗会可行，但我不能住太久，多者半年足矣！"顾天石回道。

"半年亦可！诗会就这样定了。"田九峰道，"我要让我的子弟都跟你学点诗艺！"

自此之后，每月逢二、十六日为诗会期，由顾天石主盟，司中孝廉、庠生、书记皆集百斯庵中，又有田九峰的长子、次子及十二郎十三郎等均到会拜师学诗。

转眼过了二个月。一天上午，顾天石正在书房写诗，忽闻街上有人高喊："快去看罗，要杀人了，要杀人了！"

顾天石听罢一惊，谁要杀人呢？他走出门去，见街上有不少人朝后山校场跑去。他亦跟着到了后山校场。此时，但见校场正中的土台上，立着五杆红黑黄兰青的五色旗帜，旁边摆着一香炉。穿着锈龙长袍的老土司田九峰，手中捧着香对天祷告了一番，然后反背着手掣了一旗，众人看时，正好掣黑旗，于是满场肃然。原来，按土司习俗，凡土司杀人，掣得他色者皆可保，惟黑旗则无救。这时，那被杀者被五花大绑着跪在地上，旁边有几个兵勇守着。田九峰祷告完毕，缓缓走上前去，接着从一刽子手中接过一把鬼头大刀，随着寒光一闪，那被杀者的脑袋一下就落了地。围观的土民这时一阵欢呼，顾天石挤在人丛中，正欲劝阻却来不及了。

后来，顾天石从舍把唐柱臣那里，才了解到这被杀者叫做九寿儿，原是宫中一阉人。因他偷了土司田九峰的一件舍利狃裘，尔后贱卖给一浙江客商梅相公。不久，此盗案被发觉，梅相公由于惧怕受牵连而自缢，田九峰一怒之下，将九寿儿就斩了首。

从唐柱臣那里，顾天石还了解到，容美土司的刑法，斩首为最，次为宫刑、断指、割耳等，皆由土司亲决。一般犯奸淫者，处以宫刑，慢客及失期会者割耳，窃物者断指。九寿儿犯偷盗，

164

又使梅相公致死，所以被斩了首。

顾天石觉得土司内的刑法很残酷，于是数次到署中力劝田九峰废除酷刑，田九峰却犹豫不决，未能听信采纳，只是在顾天石居住期间，这类酷刑却再未发生。

又过了一段日子，忽有保靖宣慰使派干办舍人余星赍书币到了容美司中来约盟。田九峰命长子丙如率诸舍把与之歃血盟誓，并请顾天石去写誓约。顾天石应邀而至署中。彼此相识后，余星便道："久闻顾诗人大名，学生想请你去保靖司作客游览，未知先生肯赏脸否？"

顾天石道："我此番在客美已住数月，正急着回家哩！保靖路远，俟异日得闲，我必来贵司拜会。"

"你一定要来哟！"余星又道，"我司主爷很好客，你去了，他必十分欢喜。"

"一定去！"顾天石又道，"你们从保靖司到此走了多久？"

"我们从酉阳绕道而来，途中行了二十七日。"

"真够远呀！"

"为了结盟，这点路程不算什么。"

如此说毕，田丙如便拿来纸墨，顾天石略一沉思，便举笔为两司主写了一篇盟约誓文。其词略曰："维我二邦恭膺帝命来守屏藩，祖宗以来世为姻好。同寅协恭，不侵不叛，兹以苗民逆命，犯我边疆。申固我盟，告诸天朝，告之社稷，自今日以往既盟之后，保靖有难，容美救之；容美有难，保靖亦然。有渝此盟，以相及也。明神先君，是纠是殛，俾坠其师。靡克有后。"

誓文作毕，余星及其同行舍把数人，代表保靖司主与田丙如及众舍把一起，便登坛祷告，共同歃血为礼，作了盟誓。仪式过后，田九峰又在署中大摆宴席，盛情款待了保靖司一行使者。

数日后，余星等人完成使命告辞回了保靖司。顾天石亦向田九峰请辞回中原老家。田九峰苦留不住，乃派前信使覃千总，向把总、彭百户等人，将顾天石护送出境，依然回了枝江去。

顾天石走后不久，田九峰患病而卒。其长子田丙如袭职掌权。第二年，风闻桑植发生变乱，田丙如乃派其弟田旻如带兵深入桑植，想乘机去侵掠桑植司的土地和财物。

第二十二章　向国栋承袭爵主
田旻如挥兵桑植

　　在容美司准备出兵之时，桑植司内的变乱已平息。但中军首领唐宗靖逃到连云寨后，心下十分恐慌。他怕向国栋承袭司主后，不会饶他性命。幸得连云寨有亲族袒护，他在寨中藏匿，一时也没人寻到他的踪影。

　　过了数日，唐宗圣派了一心腹张启贵来到连云寨，暗与唐宗靖接了头。张启贵转告了唐宗圣的话。劝他主动回司宫认错，以求土司宽恕饶命。唐宗靖不敢贸然听从回宫，他试着写了一封忏悔信，交与张启贵带了回去。

　　张启贵回到土司城，向唐宗圣禀告了情况。唐宗圣听毕，把那信接过，就进宫找到向国栋禀报说："唐宗靖差人送了这封信来，求主爷过目。"

　　向国栋接信一看，只见上面写道："主爷，宗靖此次发难，本意皆在使国柱退位，再拥戴您承袭。谁知事变之时，兵丁失捡，国柱被乱兵所杀。四处寻您亦不见。故而铸成大错，今吾忏悔不已。主爷胸怀大度，若肯高抬贵手，宗靖即来负荆请罪。"

"我可以饶他命，但凶手不能不服法。"向国栋看毕信表态道。

"只要不杀宗靖，其余凶犯理当严惩。"唐宗圣又道，"宗靖毕竟是舅舅，亲戚之情掰不开。我看你就下道恩旨让他回宫来吧！"

正说着，忽有舍把向凤旗走进来报告："主爷，不好啦，容美司田旻如带兵攻来啦！人马已到陈家河。"

"什么？容美司又来侵犯我境？"向国栋大吃一惊道："他们有多少人？"

"起码一两千。"

"传令五营中军官及各舍把、旗长速来议事。"

"遵命！"

不一会，众头领来到土司宫，向国栋把容美司入侵的军情简要作了通报，然后请大家商议对策。

"兵来将挡，水来土掩。"东旗长王正腾建议说，"我们应赶紧出兵，与敌决一死战。"

"依我之见，此番容兵是想乘我内乱前来打劫。"舍把向凤旗分析道，"我们应该派人去与容兵首领好言相谈，请他们来帮助平定内乱，擒拿凶手。逆贼唐宗靖等人不是还匿藏在连云寨吗？就请容美兵去帮助捉拿如何？"

"好，此计甚妙！"向国栋点头道，"那就派你去游说容司主，土司城亦作迎战准备，不可使敌来犯我衙署。"

　　众头目得令，各作准备去了。向凤旗奉命带十余随从直往陈家河而行，走到半途，即遇容兵沿河而下。向凤旗迎上前去，向一容兵小头目喊道："喂，你们是容司的人吗？我要见你们主爷。"

　　"你是什么人？想见我们主爷？"

　　"我是桑植宣慰司使派来的舍把，要找你们主爷商议大事。"

　　"你来吧，我带你去！"容兵小头目应允了。向凤旗即和随从往前走去，不到百余米，瞧见一个穿着华丽战袍和铠甲的首领骑着马走了过来。这位首领便是容美司主田丙如的弟弟田旻如。那位容兵小头目向他作了禀报。田旻如即下马问道："你们是桑植司派来的使者？"

　　"是，我是桑植宣慰司派来的舍把，我叫向凤旗。我们司主特地吩咐我来与你们会谈。"

　　"有什么好谈的，你说吧！"

　　"我司近日出了叛乱，逆贼唐宗靖率部包围宫中，杀害了土司向国柱和总理孙宣。唐宗靖欲再加害向国栋，幸得我云旗头人掩护，得以幸存。现在，向国栋获得众旗长舍把拥护，已入主宫中平息了叛乱，但逆贼唐宗靖和几个凶手已逃往连云寨匿藏，我司尚未派兵剿拿。贵司此来，还望帮我司平定叛乱，去捉拿唐宗靖等凶手归案，如何？"

　　"此议甚妥。"田旻如点头道，"前数日，闻听贵司发生内乱，但不知详情如何，我率官兵来征，本为协助平叛而来。今唐宗靖既逃连云寨藏匿，待我亲去缉拿可也。"

"主爷若能捉获逆凶，我司主必当十分感谢。"

"一言为定！我若拿获逆贼，不需贵司别的酬劳，只给我送点地盘即可，请转告贵司主爷。"

容司主说毕，即传令部属向连云寨进发。当日下午，容美司千余人将连云寨围得水泄不通，经过一番厮杀，连云寨很快被攻破。唐宗靖和其亲信党三、武胜高、覃启凤等人全被俘获。连云寨百余人丁也全被容美司兵丁掳掠。

第二天，容美司主差舍把田云达等来到两河口司城，与向国栋及众头目在宫内相见了。

"启禀主爷，容美司中营舍把田云达特来叩见！"田云达恭身作了一辑。

"免礼了！"向国栋点头道。

田云达站身禀道："我司主昨日亲征连云寨，已将唐宗靖等四主犯全部抓获。"

"啊，贵司出兵神速，这么快就抓获了逆凶。"向国栋欣喜地说，"请你们交给我司发落吧，我要将这些凶犯审讯严惩，为我兄国柱雪恨。"

"逆凶交给贵司可也！"田云达又道："但我司主交代，贵司需送点辖地给我司作交换，不知贵司主可愿相赠否？"

"你们司主要多少辖地？"

"送两旗之地可也。"

"诸位，大家意见如何？"向国栋问众头领。

"不可，不可！怎能如此交换，这代价太大。"多数旗长、舍把不赞成。

"割两面旗之地，换得边界安宁，司主可以考虑。"舍把向长安建议说。

"糊涂！"向国栋道，"割地相送，屈尊求和，此议不妥。容司助我平叛，此乃大义所在。如今容司抓获逆凶，按理应解送官府去处置，我亦不求容司作交换，还请田舍把回去转呈此意。"

田云达见向国栋如此作答，只好告辞出宫，回去作了转达。田旻如见向国栋不肯应允割地，乃将连云寨所俘百余人丁强掳而回，将唐宗靖暂时囚禁在容司，另几位谋逆凶手则照向国栋之意，转押送到了长沙藩司，由官府去发落。

容司退兵之后，向国栋乃召集众头领商议道："今逆凶被容司抓获，已解送官府。我当亲赴长沙为兄申冤雪恨，庶得明征其罪。诸位觉得可行否？"

"主爷，你为兄伸冤，去长沙无可非议。"舍把向凤旗奏道，"只是国不可一日无君，这司务的事，你走了谁来主持？"

"司务之事，我走后可由云、先二旗头人同亲族舍把共同料理。"

"这样安排，倒也可行。但亲族舍把选哪几人？"

"选五人吧！"向国栋点将道，"向凤旗、向占正、向恩周、唐兴贞、李宗弈五人即可，加上二族旗长，共由七人掌，你们觉得如何？"

"行，如此安排很周全。"舍把向占正又道，"和你随行去长沙，选哪几位？"

"选唐仕杰、李乘龙、尚朝先三舍把，另带十余随从即可。"向国栋道。

如此商议完毕后，向国栋即把司内事作了移交。过了几日，向国栋与十多个随从一起，即乘船经桑植、大庸、石门、津市直航到了长沙。在长沙藩司递了状纸，申告了案由。又辗转到岳阳、武昌跑了数趟。在湖广两督府会见过制台大人。如此往返审驳，最后，几经周折，此案才蒙上宪发至慈利县澧州会审定疑。澧州知府李祖见此案案情明确，乃秉公执法，判了党三、武胜高、覃启凤三犯死讯。当即在慈利斩了三犯。

向国栋为申诉此案，前后费时约二年多。待到案结之后，在澧州一旅馆他很感叹地对几个随从说："我司蛮性难驯，往往谋叛，出于意外，令人心寒，以此我欲不归耳。"

舍把唐仕杰忙劝慰他道："俗乡、蛮苗性野，叛逆无常，凡我土司，何地篾有？要之防御有道，控制有法，苟处置得其所，驾驭得其宜，亦自相安而无事。且世土世民，祖宗世袭为重，胡忍弃之？我等从公子二年有余，流离奔走，惟公子是依，前应袭不幸被弑，嫡生独公子长，是天与其位，名正言顺，诸邻尊重，司民归心，如不归，庶出者焉敢承袭。若庶子出承，不但诸邻司兴兵责问，百姓遭其涂炭，即我司苗蛮亦必不服，祖宗世业，势必由此倾颓。况上宪檄查护理之人，我舍把头人曾具公呈，我司经历，详藩阃二司，请转详总督部院，委公子护理宣慰司印务，想督、部、院委牌不日必到；如执意不归，我等亦难空返，请从此他适也矣。"

向国栋见众随从如此相劝，情意恳切，乃应允返归司城。

过了数日，正值九月小阳春之时，向国栋从澧州坐船起程，经大庸又返回桑植。到达两河口时，果见舍把向长钧在河港已等候多时。

"督部堂文牌已到多日，皇上已谕允敕下兵部处，颁发湖广桑植等处军民宣慰使司号纸。一并送来了。宫中亲族都在盼你早日回来承袭视事"。向长钧见面就汇报说。

向国栋点点头道："承蒙朝廷圣恩，让我承袭宣慰使职，我亦不好推辞。此番回来，就把这承袭事办了。"说罢，一行人便回到土司宫中。向凤正等亲族舍把和旗头甄大绪都纷纷作了参见。

数日后，经唐仕杰提议，众舍把旗头选了九月二十八日之吉日良辰举行了承袭仪式，在三跪九礼之后，向国栋身着皇上所赐袍服玉带正式就职。接着，向国栋以宣慰使司名义宣布给众头领加官授职。其二兄向国相被任命为左副使，四弟向国梁为右金事，张启凤领五营中军，孙大朗署化被州事，李健如署美坪州事，唐宗圣署经历司事，傅俊林署总理事，张大敬加神旗长，王正腾加东旗长，其余云、先二旗头及向凤旗、向占正、向恩周、唐兴贞、李宗弈、唐仕杰、尚朝先、李乘龙、扬一文、向久忠、彭大年、胡云群、向长略、向长伟等都各有任用。承袭宣慰使职的第二天上午，各位头领参见土司。总理傅俊林此时奏道："主爷现已正式袭位，主后一人尚未迁定，我意此事应提上日程。主爷需早定婚事为宜。"

"此事不用你操心，我自有主张。"向国栋回道。

"呵，主爷，你是否有了意中人?"傅俊林问。

"嗯，我与意中这个女人早就有了约定。"

"啊，她是谁?"

"甄小玉，云旗长的女儿，她曾救过我的命。"

"原来是这样，那太好了!"傅俊林表示非常理解。随即表示要帮助二人尽快完成婚事。

过了数日，傅总理奉向国栋之命，亲到云旗头人家里作媒，云旗长甄大绪满口应允，女儿甄小玉更欣喜异常。双方一经说合，就很快决定举办婚礼。

十月的一天，天高云淡，秋风送爽。一乘十六人抬的花轿，在几班锣鼓唢呐的吹打下，从云旗寨出发，被热热闹闹地送进了两河口土司宫内。是夜，晴朗天空，一轮皎洁圆月高照，土司宫中，数盏红灯闪烁辉映。穿着饰金戴银的新娘子甄小玉，与穿黄袍玉带的土司新郎向国栋一起，朝拜了天地、父母、神位，然后夫妻对拜，双双进入洞房。待到众人欢宴并祝福闹房退去之后，向国栋拥着新娘子道："小玉，这两年来，我被宫廷内乱多事缠身，一直没能谈婚姻大事，其实我心里多想你，你晓得不?"

"我也一样!"小玉道，"自从前年一别至今，我无时无刻不在想你。"

"好，今后你就是我的主后，咱再也不分开了。"

"应允我，你去那里，我也要去。"

"嗯，我应允你，我们永不分离!"

两人手握着手，遂相互拥抱着上床，然后把灯吹熄一起度过了销魂散魄的新婚之夜。

蜜月刚过数日，忽闻容美司主又率兵侵犯边界。这日上午，向国栋坐朝视事，忽有西旗长杨一文飞马到土司城，进宫禀报："主爷，不好啦，容美司又派兵来犯我寨，已掠走我男丁百余人，还抢了许多财物。"

"他们来了多少人，是谁领头的?"

"是田丙如亲自带的兵马，有上千人。我们两旗抵敌不住，特来禀报。"

"容美司几番侵犯我司边界，我们一定得给他们点颜色看看，好好教训他们一下。"向国栋说，"这次我要亲自出征，与田丙如决一雌雄。"

"主爷不必亲自劳驾，我愿率部去征战。"经历唐宗圣劝告道。

"不，田丙如带了兵来，我要亲去迎战。"

"带多少人去呢?"总理傅俊林请示道。

"也带千余人吧!"向国栋道，"传令五营中军，再加东旗、卫旗、南旗、龙旗、神旗长，一道出征即可也。"

向国栋吩咐完毕，即让人取来战袍，准备出发。甄小玉闻知王爷要出征，立刻前来禀道："夫君，我也要跟你去出征。"

"此行是去打仗，有危险，你还是坐镇宫内别去吧!"

"不，你去我也去，这是你应允我的。我不怕危险，只要能和你在一起，还有什么可怕的。"

"那好，咱就一起去吧！"

甄小玉随即也进宫换了衣服，高兴地随夫君一道领兵出征了。

两天后，向国栋率部到了沙岔一带。此时，田丙如带着容美兵驻扎在一个寨子还浑然不知。第三日凌晨，向国栋驻兵突袭，容美兵猝不及防，许多兵士来不及抵抗就作了刀下鬼。田丙如带着亲兵反复冲杀才突出重围。这一仗打完，容美总计死伤约二百余人。田丙如遭此失败尚不甘心，退回鹤峰后，他又重新调集兵马，亲率二千余人，再次向桑植境内的上中下峒一带偷偷开去。

上中下峒过去又称东溪峒，位于桑植宣慰司与永顺宣慰司之间。早在宋开宝四年（971年），东溪峒一带的土酋首领向克武因朝廷征调作战有功，被皇上授为柿溪州军民宣抚使司职。东溪峒由此改为柿溪州。宋开宝五年（972年），向克武在上峒建署衙，从此上峒就成了柿溪州的使司治所。明永乐二十年（1422年），柿溪州九世宣抚使向仕金去世，其儿子仲爵、仲贤、仲贵为袭职发生争议，由此具文呈清朝廷批准，将原柿溪州分为上峒、中峒、下峒进行管辖，从此，这三处地方就有了宣抚长官司，并各建了长官司城治所。田丙如率容兵想击败三峒长官司尔后再从南北夹击桑植宣慰司。

却说田丙如带着容美兵首先包围了下峒，该峒治所位于田家村，距两河口土司城只有几十里。容兵进攻时，该峒长官司没有防备，不少人被容兵捉拿。长官使向鼎晟连夜抱印逃往永顺去了。唯有中军向鼎晟率部分兵力掩护村民进了虎罗洞，此洞地势险要，易守难攻。田丙如指挥容兵接连进攻了十多天，没有攻下。

此时，向鼎晟派人密约五旗长，定于三月二十一日晚从四面包抄进击容兵。那五旗分别是虎旗长向文祥、负责从正南陀背垭进攻；威旗长向鼎昆，负责由洗必溪进军；武旗长向鼎高，负责从张家村腰击；凤旗长向元昌，负责从正东驼背岭出击；豹旗长向必昌，负责由廖家村进击。另外，又派人与两河口土司向国栋联系，请示向国栋在小埠头设伏，切断容兵逃跑的后路。向国栋遂率了一部兵力，专在小埠头埋伏等候。

是日深夜，五旗长按照约定时间从各自的路线向容兵发起了猛攻。容兵招架不住，随即蜂拥突围。黎明时分，溃退容兵来到小埠头，田丙如以为逃离险地，在马上哈哈大笑一声道："小埠头过去就到南岔，敌兵不知在此设伏，愚也。"话未说完，忽听一声炮响，两边山谷忽然冲出无数人马，直向容兵呐喊杀来。田丙如顿时大惊失色，幸有中军虎将唐天龙大吼一声道："主爷别慌，跟我来！"说罢，舞动一枝雪亮画戟在前开路，好不易从重重包围中杀出一条血路，然后护着田丙如，急急向鹤峰方向逃了回去。

第二十三章　散毛司陡起内乱
扶覃煊招惹官司

小埠头一仗，向国栋率部斩获甚多。从此以后，容美司主田丙如再也不敢轻易带兵侵犯桑植土司边境了。

向国栋得胜回到土司宫，接连欢宴庆贺了三天。第四日，向国栋上朝视事，忽有总理傅俊林上前奏道："启禀司王，现有贵州乌罗司旗长胡仁贵护送湖北散毛司覃煊到我司，请求会见王爷。"

"请他们进来。"向国栋点头道。

"王爷有旨，胡仁贵、覃煊请进！"傅俊林高喊道。

须臾，只见一个戴青头帕的壮年汉子领着一个二十来岁的年轻小伙子一同到了殿前。

"参见王爷！"胡仁贵单腿跪下，行了一个叩拜礼。

"请起！"向国栋摆摆手道，"尔来我司何干？"

"启禀大王，"胡仁贵俯身道，"我是乌罗司乌罗寨人，这位公子是散毛司应袭土司覃煊。我们此行，是特到贵司避难求救而来，但不知贵司肯应允否。"

"为何要到我司避难，遇到什么乱子了？"

"是呀，这乱子很大。"胡仁贵道，"散毛司主覃龙自前年死后，其职正由这位嫡生子覃煊承袭。不料，覃煊叔父儿子覃燔暗里私结党羽，时有谋夺之心。今年二月，覃燔打着覃煊旗号，率部进犯乌罗寨，将我寨七八十人丁和财物掳掠一空。我司俱文报案，制台将覃煊革职，其职位准予覃煊有子再承袭。而散毛司印务自此改由煊母田氏护理。不久，覃燔又唆使其党羽谋反，将田氏掌管司印夺走，并欲杀主篡位，覃煊母子命在倒悬。幸有散毛司仆人通风报信，覃煊乘夜逃至乌罗寨，我乃护引他特到贵司来避难，并请贵司主主持正义，即刻出兵相救煊母，兼恳追回司印。"

"覃煊公子，他所说是真吗？"向国栋又问。

"是，胡旗长所说属实。"覃煊回道，"我母亲现在还身陷囹圄，盼贵司帮助解救。"

向国栋转问众官员道："诸位，你们看此事该如何处置？"

"依鄙人之见，此土司官纲，不可坐视，当委员救护追印，方为大义。"傅俊林首先说。

"对，我们应该派兵去解救煊母。"唐宗圣说，"邻司有难，我们理当相帮。"

其余旗头、舍把也纷纷表态，认为应该匡扶正义，发兵去救煊母。

向国栋遂点头道："大家既赞成出兵，那么谁愿领此重任？"

"末将愿领军去平叛。"五营中军首领张启鸣出班奏道。

"好，就派你去！"向国栋高兴地点头道，"你带五营中军去，再加龙虎凤豹四旗相助，他们都归你节制，务必把散毛司印夺回，将覃煊母亲救出。"

"遵命！"张启鸣应允一声，当即退下作准备去了。

向国栋又好言安抚了胡仁贵和覃煊几句，暂时接纳二人在土司城避难，然后才告退朝。

第二天上午，张启鸣带五营中军和四旗兵丁，悄然直向湖北来凤散毛司所在地开去。

三天后，张启鸣率部开到来凤，于一日清晨突将散毛司衙署团团包围了起来。

衙署外守门的卫士，忽见众多兵丁扑来，匆忙将大门关上。一个门卫跑进殿中，慌忙大叫道："主爷，不好了，桑植宣慰司派兵围攻来了！"

覃燔此时刚刚起床，闻听门卫禀报，立刻大叫道："快传令，给我守住衙署。"说罢，忙带一队护卫爬上了衙署旁的一栋高墙之上。此时，只见衙署四周，全被拿着器械的桑植土司的兵丁围得水泄不通。围在正门前面的队伍打着一面黄旗，上面写着一个大大的黑体"向"字。一看便知，这是桑植宣慰土司向国栋的兵丁。

"喂，散毛司的军士，请你们的主帅出来，我们要找覃燔。"一个围署军官大叫道。

"我就是覃燔，你们要干什么？"覃燔站在高墙上忽然回道。

"你听着，覃燔，我是桑植宣慰司的带队中军张启鸣。此番特来找你索要司印。"

"要司印干什么？"

"因这司印不该归你执掌！你阴谋篡位，扣押覃煊母亲，犯了背叛谋逆之罪。现在覃煊已到桑植避难，我司主特派兵来解救煊母。倘若你肯知悔，能把煊母放出，并将司印退还，本中军可饶你一命，既往之罪一概不究。倘若不听劝告，我等攻进署衙，那就玉石俱焚，让你死无葬身之地。何去何从，限你即刻回复。"

"唉呀，这可叫我怎么办！"覃燔听了张启鸣的通告，吓得面色大变。他紧忙求告道，"张将军请勿急，此事还请宽限我一会时间，待我与众首领商议一会，即作答复。"

"一言为定，我给你一炷香时间，你到时还没答复，我们就要进攻。"

"是，是，我马上就去商议。"覃燔应允着，紧忙下了墙，马上召集几位心腹商议道，"事已至此，大家有什么法子没有？"

"没办法啦，人家兵临城下，衙署被重重包围了，咱们只有应允对方的条件了。"散毛司卫旗长尚辛远沮丧地说。

"他们只要夺去司印，放去煊母，就这两条也不要紧。"舍把龙民山说，"为权宜之计，解眼下燃眉之急，只有应允其条件为上策。司印之事，以后可再设法谋夺。"

"也罢，就依你们的建议，且应允吧。"覃燔无可奈何地传令道，"速去把煊母和司印送出门去！"

几个兵丁即把覃煊老母扶出，然后由覃燔在墙上喊话道："你们提的条件我应允了，司印与煊母将从旁门送出，请你们退兵吧！"

张启鸣随即回道："只要交出煊母和司印，我们立刻退兵。"

稍候，衙署墙边的一扇小门果然被打开，两个散毛司的舍把带着煊母走了出来，其中一个舍把将司印双手捧给张启鸣道："此印交给贵司了，还请妥为处置。"

张启鸣接过司印，即下令道："撤兵！"

围着衙署的兵丁们随即从容撤走了。那覃煊的母亲则被抬进一乘滑竿，由张启鸣率部护送到了数十里外的乌龙寨去，由该寨旗长负责作了暂时安置。

又过数日，张启鸣率印凯旋而归。向国栋在土司大摆宴席，庆贺张启鸣顺利夺印归来。席间，张启鸣将散毛司印递交后问道："主爷，这司印你打算如何处置？"

"散毛司印应缴呈督宪，恳求总督大人仍发田氏护理。"向国栋回道，"傅总理，你把呈文拟好，明日着人速送武昌。"

"遵命！"傅俊林答道。

第二天，傅俊林果然将缮文写好，经由向国栋过目后，即派舍把向长举带几个随从，从两河口乘船出发，日夜兼程直向武昌赶去。

一个星期后，向长举一行从澧水入洞庭湖到达岳阳，再经长江航行到了武昌。那武昌系九省冲衢之地，历朝以来都是朝廷重镇。此处设直制台，湖广两省均属制台管辖。制台的最高官员便是总督，比一省的提督官职要大。向长举与两个随从到制台衙门，由门卫验过身份后，方准入内。到达制台处，向长举将呈文和司印当面作了呈缴。制台一位姓杨的官员阅示呈文后，当即请示总督大人，经总督批示，行文都司，允准散毛司印仍发田氏护理。向长举见事办得顺利，便同随员又照原路返回桑植司作了汇报交差。

再说覃煊被迫缴出司印后，因贪谋不遂，又转生一计。他带了五百两银子，于次日兼程赶到荆州，在荆巡道李会生的府上作了拜会。李道台问他：“尔来何事？”

覃煊道：“启禀大人，桑植宣慰司向国栋以强欺弱，前数日竟派兵围攻我散毛司，将我司司印强行夺去，又将覃煊母亲田氏劫走。我特来报案，请求大人主持公道，将司印夺回还我。”

李道台道：“向国栋有什么理由干涉散毛司事务，他竟敢派兵来强夺司印？”

“道台有所不知。覃煊当土司时，因侵犯乌罗寨一案被革职，心里常怀不满，他前段跑到桑植宣慰司，想借向国栋的兵马夺回司印，重当司主。桑植宣慰司由此才发兵来，企图扶覃煊任职。”李道台沉吟道，“覃煊已被革职，按理散毛司印该由其母田氏护理，而待覃煊有子后则可承袭其司主职。”

“大人，田氏乃一妇道人家，管印视事众所难服，覃煊被革职，一时没有儿子，这司务事理当由我来主持，还请大人多加扶持！事成之后我定当重谢。这里有五百两银子，请大人笑纳。”

覃煊说罢，就将一包银子放在了桌上。

李道台见到银子，眼睛立刻放了光亮。他笑道："你勿要客气，这案子该如何处置，我自会关照。"

"那就拜托大人了！"覃燔又道，"覃煊母子现不知被桑植司藏匿何处，大人可将这二人拘来，届时再迫其让位即可也。"

"放心，这事我会办好！"李道台说。

过了数日，李道台着人四处探查，先将煊母田氏从乌龙寨强行拘押到案。然后作了审讯。李道台劝煊母道："老婆子，你儿子覃煊已被革职，你一个妇道人家，掌管司印很不合适，我劝你还是自动让给你侄儿覃燔掌管为好，请你三思。"

"我为什么要让司印给覃燔？他不配做我侄儿，也没资格承袭土司职位。"田氏妇人回道，"我丈夫在世叮嘱过，他死后职位由儿子覃煊袭位，儿子去了，再传孙子，此乃官纲正道。道台大人，你不维护正义，反倒劝我老妇让出司印，不知居心何在？"

"嘿，田老婆子，你这般偏犟有何好处！"李道台恼羞成怒道，"你不让司印，那就等着吃官司吧。到时候，你的司印照样保不住！"

"吃官司就吃官司，要我让司印，我宁死不让！"田氏妇人一口回绝。

李道台见其态度强硬，亦无可奈何。审讯过后，他回头到房里，把覃燔找来说："这田氏老婆子蛮得很，要她主动让印，她决不会肯。"

"只有把覃煊抓来，他的性情懦弱，以威压他，或可让官。"覃燔又出谋道。

李道台言听计从。遂又着捕快到桑植宣慰司处，要求向国栋交出覃煊，听候荆巡道的会审。向国栋来到后院，差人把胡仁贵和覃煊叫来道："事不妙也，荆巡道着捕快来传覃煊到案听审，你俩看怎么办？"

"此必覃燔之计谋也。"胡贵仁说，"他可能早买通了荆巡道，想提覃煊到案，再强压他让官，我看咱不能中其诡计，自投罗网。为今之计，只在出奔铜仁府去躲藏，以免连累贵司。"

覃煊亦道："到荆州去，无疑自送死路。到铜仁府去暂避一段也好。主爷为我散毛司事已仁至义尽，在下感激不尽。在此就作告辞了。"

向国栋道："我无法再留你二位，因为荆巡道催逼很急。如今你俩速去铜仁，我就说覃煊早已离开我处。今后打起官司，我会帮你再申正义。"

"那就多谢了！"覃煊说罢，鞠躬行礼拜了一拜，便和胡仁贵悄悄离开两河口，直向贵州铜仁府奔去了。

向国栋回头到宫内，对荆巡道派来的捕头回话道："覃煊早两日已离开我处，现不知去了哪里，不信，你们可在我司辖地搜查。"

那位捕头听说覃煊已离开桑植司，只好回荆州作了交差。荆巡道台李会生见拿覃煊不到，认为向国栋从中作梗，乃提笔给制台写了一道呈文，状告向国栋藏匿覃煊，请求制台依法传讯向国栋听审。制台杨总督不暇细思，挥笔批示传向国栋缴司印到藩司受审。向国栋接到督部行文，始知自己已被荆巡道参奏，无端卷

185

进了散毛司的官案。

又过半月，向国栋将司内事务依然交给云先二旗头人同亲族舍把共同管理，才带一行随员乘船至长沙，将宣慰司印上缴到了藩司。次日，由制台指定荆巡道台李会生与岳常道道台裴衡度共文武四员在潘司一起会审散毛司案。其时，覃煊在铜仁府躲藏，已被荆巡道暗访查出，遂被强制押至长沙，同其母田氏一道听候会审。

庭审开始，两位道台首先传覃煊到案质讯。斐道台问："覃煊，你被革职后，司印归你母执掌。为何你要跑到桑植司去搬兵夺印？"

覃煊回道："我母本掌司印，无奈被覃燔所逼，将我母亲挟持了，欲还加害于我，我因害怕才逃至桑植司，幸亏桑植司向宣慰同情我，才应允出兵解救我母，并把司印追回。"

"据覃燔所言，他并未逼迫你母。"李道台接话道，"你母一个妇道人家，难以处理司务公事，覃燔才代行掌管司印。再说，你之才干难胜任土司，如你能让覃燔袭职，此官司即可免也。"

"我虽被革职，以后生子，会有儿子承袭，我为什么要让官于他？此非我所愿也。"

"你好好想想，权衡一下利害，再考虑作答吧！"

李道台说罢，即命覃煊退席，接着传讯煊母田氏到庭质讯。

"田老婆子，你这段时间考虑好了没有？司印愿不愿出让给覃燔执掌？"李道台又问。

"我给你早申明了，要我让印，除非我死。"田氏一口回绝，又说，"叫覃燔死了这份心吧！我儿子孙子才有权承袭土司位，掌管土司印。"

"罢，罢，这老婆子没什么可审的。"李道台又道，"传桑植司向国栋宣慰到庭。"

田氏被庭卫带了下去，向国栋遂被唤进庭来。

"向宣慰，本道台问你，你为何要出兵围攻散毛司衙署，将散毛司印夺走？"

向国栋道："启禀道台，此乃吾司维护官纲正义之举。前番覃煊皆一友人投到我处避难，诉说其叔伯兄弟覃燔有篡位野心。并欲加害覃煊母子。经我司公议，认为此邻司之事不能坐视不理，况且土司官职，历来是父死子袭，此乃天理所在。以此我司决定应覃煊之请求，出兵包围散毛司署，救出了覃煊母亲，追回了散毛司印，并及时上报制台，经制台允准，司印仍发回由田氏护理，我司此举合乎道义，何错之有？"

"尔言无错？为何匿藏覃煊？"李道台诘问道，"本道台差捕快到你司，你为何不交出覃煊，反将其放走？"

"覃煊犯事，无非道台要煊到案让官与燔，我藏匿无益，他出走铜仁府是实。"向国栋理直气壮地回道，"捕快没有亲眼见到覃煊，为何诬我匿藏？"

李道台又道："散毛司事与桑植司本无相干，你多管闲事，竟出兵相助，强夺散毛司印，理当治罪。"

"是非自有公论，我出自好意维护官纲正义，如果藩司硬要治罪，我亦无话可说。"

"你出兵夺印也太轻率。"斐衡度此时因惧制台错奏，也不敢秉公断案，只是含糊其辞地敷衍道："你且下去，等候藩司裁杀。"

向国栋随即出庭。因该案判定尚需时日，藩司准其到九溪协去侯案。九溪协在今慈利县江垭镇内。其地修有一座城堡。驻守城堡的协台是个副将，名叫包进忠。向国栋带着藩司文书，到了九溪协报到。包进忠接过文书，见藩司将向宣慰打发到九溪侯案，实际等于软禁他于此。随即呵呵笑着道："向宣慰到我协侯案，可要屈尊你了。"

向国栋道："此案终究会水落石出，我屈尊过一段又有何妨，只是我在贵协酒店居住，还请协台大人多多关照。"

"这个好说，这个好说！只要有银子，包你住得舒服。"

"你要多少银子？"

"先给一千吧！"

"我在外盘桓多日，没带那么多银子。"

"堂堂土司王，区区千两银子算个啥！"包副将狮子大开口，只管索要。

向国栋见此人如此贪婪，若不给吧，在此居住侯案，必受其刁难，无奈只得忍辱负重，吩咐随员给包副将送了一千两银子，包副将接银子在手，方才安排向国栋一行在九溪内一旅馆住下来。

第二十四章　唐宗圣二次叛主
大岩屋两司结盟

且说向国栋在九溪协侯案，一拖两年多过去，那案子竟还未了结。官场办事拖拉，任你心急如焚也毫无办法。向国栋羁旅九协，想动又不能随意乱动，此时只弄得愁肠百结，每日只好习诗交友，相对话谈，以消旅闷。

这时，桑植宣慰司内，因司王离久未归，人心渐渐又浮动起来。唐宗圣暗中又开始谋划，准备再次叛主。一日晚上，他将同族兄弟黄旗长唐景文找来商议："国不可一日无君，土司不可长久无主。今向国栋为官司羁绊，迟迟不能归，你看该怎么办？"

唐景文道："司主去了这么久，为案子不能脱身。只怕他的宣慰司职迟早会被制台革除。"

"是啊，我分析他这司主职恐也难保。"唐宗圣道，"今为土家苗民想，我们不妨另立新主如何？"

　　"可也。"唐景文赞成道，"咱们应当另选新主，但是选谁好呢?"

　　"我意选向国材，他是国栋五弟。为人性情柔和懦弱，将来他当政，权力必归我唐家掌握。"

　　"好! 选定他很合适。"唐景文又道，"要扶国材袭职，众首领恐怕不服。"

　　"不要紧。只要把五营中军首领尚朝先抓住，其余旗长舍把不足为惧。下面各旗我们唐家人掌权也不少嘛。"

　　"五营中军是宫中的护卫主力，尚朝先这人又不易对付，怎样才能制伏他呢?"

　　"好办!"唐宗圣又道，"尚朝先直接管的只是戎矗营，其余几营中军不是他的心腹。我们只要把尚朝先等首领用计擒住或干掉，宫中不用多流血既可大功告成。"

　　"用什么计呢?"

　　"咱们就摆次鸿门宴，请尚朝先和云、先二旗长及其他一些头目来赴宴，在酒席上可将他们一网打尽。"

　　"嗯，这办法可行。"唐景文想了想又问，"这鸿门宴以你的名义摆吗?"

　　"不，我只能给你出这点子，具体施行还得靠你们。"唐宗圣又道，"我不宜公开露面，因为尚朝先等人对我早有防备，搞得不好会弄巧成拙。"

　　"那我就约唐宗璜、向长远等人共同起事。"

　　"对，你还要说服向国材，让他出面举办宴席，这样，众头

190

目必定会来赴宴。”

“好，这主意不错！”唐景文点头道。

过了数日，唐景文便暗中来到向国材家中，试探他道：“国材，你哥负案在外，一时解脱不了。这土司职位现在空着，无人主事，你看怎办？”

“我哥迟早会回来，他交代，司务事由众亲族舍把旗头共同作主，怎么没人主事？”向国材回道。

“由大家主事，还不等于没人作主。”唐景文道，“土司王位是世袭的，按常规，你哥不在，你们兄弟之间谁都可以出来主事。”

“我们弟兄有好几个，但大哥没有交代指定，我们谁敢主事？”

“只要有大家拥护，怎么不行？”唐景文又道，“如果我们都支持你担任司主，你愿不愿意？”

“支持我当司主，这……这事只怕有风险。”

“怕什么，有风险，大家一起和你分担。你只要坐上了土司王位，谁敢不从？”

“可是，现在掌握五营中军的将领不会听令，会反对呀。”

“我们可以设计，把反对者干掉。”

“你有什么好计策？”

“计策有，但不知你肯不肯下决心？”

“有好计策我就干！”

“那好！”唐景文道，“我告诉你，你可以你夫妇刚生女儿的名义，邀请尚朝先等头目到家来喝满月酒，届时我们作好布置，可将反对你的人一举擒拿。"

"嗯，这办法倒可行！"向国栋点头。

两人遂搭成协议，决定按此计行事。

第二天上午，向国材便以"弄瓦"为名，四处散发请柬，邀请五营中军头领尚朝先及中军官张启鸣、东旗长王正腾等十多个首领到家赴宴。

向国栋住宅是个四合院，其地紧挨土司宫外的澧水河坎上，四周修有丈余高的围墙，院子内很宽敞。那宴席就设在大门内的庭院岩塔内。

到中午时分，被邀请的数十名客人纷纷到齐了。客人们各掏银子上了人情账后，即入席就座，准备吃喝起来。此时，向国材举碗对大家说："诸位，今日请大家来喝喜酒，大家要多喝点。来，这一碗我敬大家。咱一起干！"

"干！"众人站身响应，各自一干而尽。

一碗酒喝毕，大家开始搛菜吃饭。那宴席上的菜十分丰盛：红烧鲤鱼，熟蒸猪首、干炒腊肉，煎黄子肉，清炖乌鸡，油豆腐丝，酸米辣子炒菌子等一共十二大碗。自酿的米酒清香赴鼻，一个个喝酒划拳好不热闹，人人脸上喝得红光满面。待约有几分醉意之时，黄旗长唐景文忽然端起一碗酒大声说："诸位，今日是向国材喜添千斤的满月酒，我在此借花献佛，给大家敬酒一碗，大家喝完，我还有话谈。"

"有什么话，你就快说！"有人叫道。

"不，我要咱们一起喝了才说。"唐景文说罢，把碗中酒一气喝干。把碗底亮给众人看了看。众人说"干！"

唐景文说声："好！我现在告诉你们吧。我们的土司王向国栋有两年多没回了，他负案在身，案子一天不结，一天就脱不了身。现在宫中无主，司务事无人主持。俗话说'国不可一日无君。'我们土司的职位也是一样，不能总空着。我建议，咱们现在要拥护一位司主主持司务，大家以为如何？"

"不可！不可！"尚朝先立刻反驳道，"黄旗长，你此言差矣，国栋司主虽然没回，但他交代我等亲族共同理政，司务事并未荒废。你主张另立司主，岂不是要谋反？"

"谋反又怎样？"唐景文道，"我就是想告诉你们，咱们今日到此来喝喜酒，就是要议定拥护向国材当土司主之事。向国材是嫡生五子，为人谦和能干。我们应该拥护他当土司主。"

"反了，反了！"中军张启鸣这时站身而起道，"黄旗长，今日你是吃豹子胆了，胆敢在此蛊惑人心，公然谋反？"

"哈哈，你们想阻止？来不及了！"唐景文说罢，把酒碗朝地下一甩，立时便有唐宗璜、向长远、向国佐等人率十多个军士持着刀戟，从内房中冲出来到了酒席边。众客人顿时大惊失色，一个个吓得不知所措。

中军张启鸣欲要反抗，手中却无器械，他操起座椅与之搏斗，只几回合，就被一兵丁砍死倒地。东旗长王正腾欲要拒捕，亦被众兵丁砍成了肉泥。

尚朝先这时却乘乱跑到围墙边，只一纵身就翻跳过了围墙，众兵丁打开大门，欲要去追。忽然，一支五营中军呐喊着冲进了院子里来，唐景文顿时俊了眼，他还没明白是怎么回事，就被人一刀砍下了脑袋。原来，这支五营中军是尚朝先手下最精锐的卫宫队伍。其首领是张大成。此日中午，当他闻知尚朝先被向国材请去喝满月酒的消息后，心里很不放心，唯恐有变，故率部以巡查为名，想去看个究竟，刚走至向国材宅外，便见尚朝先翻墙逃出，张大成遂上前接应他，两人再挥兵杀进院去，将那谋反的唐景文、唐宗璜、向长远、向国佐等全部斩杀，连同向国材的家丁帮凶全都杀绝了。向国材因系向国栋的亲弟，尚朝先吩咐手下将他看管起来。

接着，尚朝先写了一封信，派舍把尚高仁速送九溪，及时给向国栋禀告平定叛乱消息。向国栋接信一读，顿时吃惊不小。只见那信写道："司主日久未归，唐景文与唐宗璜、向长远、向国佐等密谋作乱。要立国材为主。现唐宗璜、向长远、向国佐等均被诛杀，唐宗圣在这次变乱中没有公开露面，但估计他可能暗中参加过策划。现据闻他已逃匿澧州。向国材未便问罪，特请示定夺。"

向国栋思虑良久，最后回信尚朝先答复道："叛党既除，国材系余胞弟，毋庸深究，着来外伴我。"

尚朝先接到回函后，即派人将向国材护送到了九溪。向国材见到兄长自觉无颜，向国栋安慰他道："你年轻无知，被人利用，尚可原谅。今后只要知悔改过，我决不会和你计较。"

向国材便痛泣道："三哥对我如此宽怀大度，我却做出大逆不道之事，实乃罪该万死。蒙三哥不惩之恩，从今起我当痛改前非，重新做人。"

"好，你能知错即改就好。"

向国栋又安慰他道："咱们毕竟是同胞兄弟，不是外人。你现在就伴陪我一起候案，等案子结了，咱再一同回去。"

向国材遂点头应允。

再说唐宗圣自二次变乱被平息后，他侥幸自己没有公开卷进案中。虽然他是挑动唐景文发起叛乱的主谋者，但唐景文已被杀死，密谋过程也就死无对证了。但为保险起见，他还是悄然去了澧州，想避避风头再回来。在澧州旅店住了数日，忽有向国栋的随从李乘龙找到他说："唐经历，主爷派我来找你去九溪，让你伴随他去住一段。"

"啊，主爷找我去，有什么事呢？"唐宗圣有些心虚，他担心向国栋已掌握了自己策划叛主的把柄。

"没听他说有什么事。"李乘龙说："他是要你去陪伴一下吧，他太烦闷了。"

唐宗圣想了一想，不去反而不好，于是只得跟着李乘龙到了九溪。

向国栋见唐宗圣到来，倒像无事一般，没有问他宫中叛乱情况，只是交代他道："我的案子没办完，我请你和国材来共同陪伴我，咱们等案子有了结果再一同回去。"

"遵命！"唐宗圣只好满口应允道。

转眼冬去春来，满山的油茶花正盛开时，向国栋又被通知到了武昌去候审。

这次，适逢工部右侍郎满丕到湖广督部堂视事，得以亲讯散毛司之案。满丕事先对案情作了调阅，是非曲直已心中有数。当向国栋出庭时，满丕便讯问说："今散毛司官应谁人承袭？"向国栋回道："听凭大人定夺，土司何敢言！"

满丕又道："尔实说。"

向国栋乃回道："凡我土司承袭，久奉皇恩定例，有嫡不应庶，无偏房庶出承袭。护理之理。此历朝定例，统听大人裁夺。"

满丕点头。接着传覃煊母子又讯问了案情，遂宣布退堂。

次日上午，藩司再开庭，向国栋与覃煊母子同时被唤到庭进见。满丕当众宣告道："散毛司一案审结，安抚司使一职，今开复覃煊承袭，尔母子回司勿杀覃燔。"

"多谢满大人明镜高悬，公正秉案！"覃煊母子叩头作了致谢。

满丕又对向国栋道："尔为官刚正遭恚误，本当官还原职，奈前人将案作坏，此时不便更张，尔暂为护理，徐请开复。"言毕，即宣告退庭。

向国栋此时才觉如释重负。回头到岳阳府等候上宪开复题奏。三个月后，朝廷部文下，皇上照准满丕题奏。向国栋与覃煊等又应檄到武昌。当面进见了制台大人。相互礼毕，满大人问："尔土司系何朝设立？"向国栋道："自汉朝设立，至元朝改立为宣慰使司，二品职衔。"覃煊答："我散毛司自黄帝时设立。"满丕点头道："尔土司系历代功臣之后，职衔不小。今蒙皇上恩准题奏，尔等回司，当用心做官，管好本司司务，保证一方安宁。"

向国栋道："蒙大人冰鉴，深感恩德。余回司之后，当竭全力搞好司务。奈宣慰印信尚贮南藩司库，只有属员经历司印不敢具详。"

满大人遂谕堂官道："请吩咐兵科写牒行南藩司，速发印与向宣慰。"

覃煊此时亦禀告道："我司印贮荆州府库。"满大人亦令堂官写牌行荆发印与覃煊。

案子至此完满了结。向国栋与覃煊向制台谢恩告辞，然后各到藩司领印。准备雇船回司。

数日后，向国栋乘船逆水而上，经过半个多月航行，一行人才到桑植。途经南岔时，忽有容美司舍把唐贵中在渡口叫道："喂，那官船上乘坐的是不是向宣慰？"

"是呀，尔有何贵干？"唐宗圣在船头回道。

"我是容美司的使者唐贵中，想见向宣慰面交一封信。"

"哦，是容美司派的使者，把船靠岸吧！"向国栋吩咐道。

客船便向渡口靠拢停下了。唐贵中走上船去，低首行礼道："容美司舍把唐贵中叩见司主爷！"

"免礼！"向国栋问，"你们田司主近年可好？"

"还好，还好！"唐贵中道："我们的前司主，田丙如已不在位，现在是田旻如袭了职，他一直惦念与你相会，听说散毛司案已经了结，他特派我来迎候，这是他给你写的信。"

向国栋接信一看，只见内中写道："近闻贵司主从藩司回，

197

本司主特差小弁迎候道罪，服贵司纲纪正道，愿与和好，仍敦姻眷如初。"

"田司主有此诚意甚好！"向国栋看毕信道，"我们两司之间本是表亲，前些年因种种缘故造成不睦，如今贵司愿意修好，我当然乐意之至。"

说罢，即研墨挥笔，当即在船上草就一回书，略云"表兄美意，敢不唯命是从，可议定适中之地择期相会。"

使者得回书，即告辞回容美交差。向国栋一行继续上行，至第二天中午时分，即回到了两河口土司城。抵达之时，土司宫内的大小官员都到码头边作了隆重迎候。

向国栋因散毛司事，离开故土已近四年，此次案结荣归，不禁感慨万千。重主司政之后，他立即整饬司务，重又任命了一批土司官员。二兄国相仍为左副使，四弟国梁仍为右佥事，五弟国材虽有罪过，亦委戎纛营官，十弟国柄加备征指挥使。张启凤加镇营，伊子大徵署神旗长管地方事。杨一文加前营，管两旗地方事。孙文朗加华旗营，管本族地方事。彭大年加北旗长，管本族地方事。覃自蛟加守备，署东旗长地方事。唐兴贞署宗旗旗长事。胡达加两旗长管本旗地方事，尚朝先加五营中军兼署朝南安抚使司事，唐宗圣加总理厅仍管南旗事，伊子德威，署龙潭州加外堂管事，二子德权，三子德岐皆加旗长。赵启龙加新营，管苗民地方事。尚维加嵩旗长，署龙旗地方事。胡云祥加卫旗长，管理亲兵事。向长略加辅营，伊子国佐，署安定州事。

所属员弁加封完毕，向国栋身体力行，每日勤理司务，桑植宣慰司内渐渐显出了一片生机勃勃。不久，容美司主田旻如又派使者送来一信，内称："两司主拟在相交边境五道水内的大岩屋旁相会。为此需预筑神坛，以便届时共同登坛祀神。日期定在古历三月初三，如无疑义，即请照此办理。"

向国栋当即回复一书，同意田旻如的提议，并决定先期派人到五道水大岩屋旁去修筑神坛。

那五道水坐落在桑植境内，与湖北鹤峰紧密相邻。其地山势陡峻，又是澧水发源之地，其水清澈澄亮，沿河两岸风光十分优美。河岸附近，有一大岩屋，则是五道水内著名的风景地之一。其岩屋坐落在一处大山的悬崖之上，岩壁光亮发白，面积有数百平方米，岩壁之下，还有一个大洞，形状犹如白房子，故名大岩屋。向国栋赞成在此与容美司主相会，一则因此地风光秀美，在大岩屋筑坛祀神十分壮观；二则此地是两司相交的边境之地，镌石刻字十分方便。故此对这一选址他很满意。并即派木工岩工等数十匠人先期到达岩屋下赶造行宫，筑立神坛。

几月过去，双方约定之日就要到期。向国栋和田旻如各带本司的属员舍把兵马数千，头一天就到五道水各自安营扎寨了。三月初三上午，两个司主各带数十随从，同时到达大岩屋下的神坛旁相会了。双方司主相互抱拳行了拜见礼，然后各致辞表示问候。

田旻如道："表弟，我早就期盼与你相见，今日终于幸会。"

向国栋道："我亦期盼与你修好，我们本来就是表亲嘛！"

田旻如又道："从前我兄误听是非，以至与贵司龃龉数年，现在朝廷把我兄办了罪，让我袭了职，我想今后与贵司一定要捐弃前嫌，重建兄弟盟约。"

"对，过去的事我们不必再提！"向国栋道，"只要从今起双方和睦共处，患难相顾，以往的一切都不值得计较。"

"好，表弟到底是个爽直人。"田旻如道，"我以往掳去贵司的人丁今日全部归还给你，还有那唐宗靖，也一并带了来，听候你的发落。"

"唐宗靖犯过谋逆之罪，按理当重惩，念其是我舅亲，姑且饶他一命。可放他回家做个平民。"向国栋说罢，即命人将田旻如释放交还的人丁全部作了接受。然后陪同田旻如到了临时修建的行宫内一起又会谈了一阵。双方就相互结盟的一些细节问题作了一番深谈。并共同拟就了一篇祭神文字。约莫正午时分，向国栋和田旻如在众随员的陪伴下，一起步入了神坛之上。那神坛是一块圆形的土塔筑成，约有两层楼高。土塔顶高高竖立着一块石块雕成的神牌。两位司主在司仪的导引下，对着神牌顶礼膜拜了一番。接着，在一片香火烟雾缭绕中，又由司仪逐句朗声念读了一篇祭神文字。

仪式完毕，两位土司在一阵鞭炮和锣鼓敲打的轰鸣声中，并肩走下神坛，再行至宫内坐下。田旻如道："今日是个大喜之日，我们双方结盟友好，还应题词勒石，尔意如何？"

向国栋道："题词甚好！咱们各题几字，就镌刻在这大岩壁上吧！"说罢，早有随从送上笔墨纸来，向国栋挥笔在那宣纸上写了四个大字："山高水长"。

田旻如随即也挥笔写了四个字："忆斯万年"。

"好！好！两位司主的题词真乃妙极！"傅俊林总理先赞叹说："但愿我们两司人民的友谊山高水长，让世世代代的后人忆斯万年。"

"我们要把两位主爷的题字刻在石壁上，现在找岩匠刻上石壁去吧！"容美司的舍把唐贵中建议说。

"对，现在就找人去刻！"向国栋点头道。

随即，一位舍把找来几位石匠，照着题字就到石壁上凿刻去了。

双方又接连数日大摆宴席，彼此宴请，一起喝酒吃肉，隆重庆贺了一番。每到夜里，还燃起熊熊篝火，男女老少皆尽情跳舞欢歌。一直欢聚了三四天，两位土司才各带自己的人马转回本司。

第二十五章　鲁希哈刺杀向熊
尚朝勇擒斩向虎

　　且说桑植司和容美司结盟之后，两司边界从此安定了数年。而邻近的永顺宣慰司内，这时又接连出了几件大事。先是老土司彭廷椿从北京进献大楠木回来不久便病死了。接着，新司王彭泓海承袭父职，刚上任就碰到属下的雅角寨出了乱子。

　　那是一个下着大雪的上午，水獭峒有三个老人冒雪来到土司城，在土司行署外喊冤告状。彭泓海让门卫把几位老人带进司署内，亲自询问道："尔等有何冤情，请直说。"

　　"启禀爵爷，我们是受水獭峒的土民推举，前来告状的。"其中一个姓鲁的老人回答道。

　　"你们告谁的状？"

　　"告雅角寨向虎的状。"

　　"向虎怎么啦？"

　　"他滥杀无辜，血洗我水獭峒寨子，杀死我峒村民鲁观林等八人，还掠走许多财物，特请求主爷为民除害。"

"向虎真敢如此行凶作乱？他为何与水獭峒结怨？请把案情讲清。"

三位老人随即你一语他一言，将那案情的来龙去脉细说了一遍。

原来，向虎和向熊是两弟兄，向虎在雅角寨当旗长，向熊在水獭峒当峒长。两人手下都各管辖几百人户。

住在水獭峒的向熊生得四肢粗壮，身躯高大，满脸横肉，形态可怕。这人平生唯有两大嗜好：一好酒，二好色。喝酒，连续十八大青花碗下到肚子里醉不倒；好色，只要见着美貌女子就要诞皮赖脸，动手动脚。向熊依仗自己的势力，不仅抢劫了许多美女进行奸淫，而且公然规定，四方乡里受他管辖范围内的人家，只要有女子出嫁，都要首先让他行使初夜权，如若不从，便要遭杀身之祸。当地百姓为此对向熊已恨之入骨，人们都在希望除掉这个祸害。

当时，居住在水獭峒一带土民，决心联结起来，共同反抗向虎向熊的残暴统治。有一天，附近陈、彭、谷、钟、刘、李、赵、朱、熊十大姓的族会都各自派出议事人，在一个祠堂里秘密商定了一个办法：决定选派鲁姓族里的鲁希哈打入到向熊内部去，然后伺机杀掉向熊。

鲁希哈是鲁力嘎巴的后代，他二十七八岁。此人从小学了不少武艺。为人胆大心细，爱讲义气打抱不平。自从向熊入主水獭洞称霸以来，他早想去刺杀向熊，可是一直苦于没有接近他的机会。这次十大姓的人开会想出办法，推举他混进峒去刺杀向熊，他便欣然应承而去。鲁希哈先挑了一担猪、牛、羊肉之类的礼物，这一日慢慢来到水獭洞的泉河边。在洞旁一座精致的亭子前，两个端枪站岗的兵丁盘问了他一番之后，便径直带他进洞，到了向熊的面前。向熊坐在一张太师椅上高声问道："你是何方人？为啥给我送东西？"

鲁希哈恭身施过礼后回道："在下是鲁家峪人，姓鲁名希哈，今日前来是想投靠老爷，如蒙不弃，还想拜做干儿！"

"呵，你是想来拜我做干儿子呀！"向熊紧绷的横脸松弛一下，似乎觉得有些意外。他细瞧这鲁希哈，小伙子生得身材英俊，天庭饱满，地角方圆，一双浓眉大眼透出着机智和灵巧，心下便又有些高兴。此人倘能真成为他的干儿，倒也是难得呀！原来向熊五十多岁年纪，虽讲得有几房妻妾，却因为荒淫无度的缘故，竟没有一个后嗣小儿。为此他时常还想过要过继一个儿子来接代才好，鲁希哈现在既然找上门来愿做干儿，岂不是难得的好事？向熊掂量一番后，已有几分悦意，只是不知此人底细，到底还是不太放心，于是细问道："我们以往即无交往，又非亲非故，你如何要来拜给我做干儿呢？"

鲁希哈答道："我是相信算命的，有一次瞎子给我排八字，说我需要找上你这样有权势的峒主做干儿，将来才能图个出息，所以我便来相拜了。"

"唔，是这样吗？"向熊又道，"我且问你，你会干点什么呢"

"会点儿小武艺。"

"那么请试一试吧！"

"好，我就班门弄斧，献点小丑！"

鲁希哈说罢，随手将峒旁一根二、三百斤重的大石柱托起，脚下一转步，即玩了几个飞舞的花样，众兵丁在旁见了都忍不住喝彩。

"行，你有这手艺，就收下你为干儿子！"向熊待鲁希哈演试完毕，当即满意的应允了，鲁希哈连忙叩谢不尽。

从这天起，鲁希哈便打入到了向熊的身边，但在起初一段时间里，向熊对这干儿子也未敢十分信任。有时出外行动也不让干儿知道。他想，对这干儿还得考验考验，不能盲目就相信了他。鲁希哈知道这"干爹"还有戒心，便也小心翼翼地服侍他，千方百计为他表现出忠心的样子。有一次，向熊带几个亲兵外出活动，路途被一伙强贼围困，正在危急关头，鲁希哈带人赶来，经过一阵拼死搏斗，将一伙强贼打得大败而逃，从而解除了对向熊的重围。向熊打这之后，便对鲁希哈很信任了，有事也不再瞒这干儿，并且时时放他在身边侍卫。

鲁希哈接触向熊的时候比较多了，但他发现，要杀死向熊也还难有好机会下手。因为这家伙警惕性很高，他随身从不离武器，即使在睡觉的时候，他的眼睛有时半睁半闭，有时全然大睁着，样子都像很警觉。鲁希哈心里很急，眼看三个多月时间过去了，他一直还未寻着机会下手。

一天，鲁希哈陪向熊边喝酒边扯起了酒白话。鲁希哈说："干爹，我看你每天睡觉怎么老把眼睛鼓着，是不是睡不着？"向熊因为喝了酒，一时吐真言道："我老实告诉你，我睡的时候，眼睛要是鼓着，那就是睡着了，要是眼睛未鼓，那就没睡着哩！"鲁希哈心里一下才明白："啊，原来是这样！"当下便记在心里了。

待到这晚上，多喝了几杯酒的向熊，倒在床上睡下了。鲁希哈此时便悄悄把刀子磨得快快的。等到鼓打三更，进去一看，只见向熊正鼓起一双大眼在打呼噜哩！鲁希哈轻手轻脚走过去，手里举起鬼头刀，一刀下去，即把向熊的脑壳砍掉了，尔后提着那血淋淋的人头就跑。说也怪，向熊人头虽掉了，那尸身猛然一竖而起，随后就紧紧向鲁希哈追来了。鲁希哈心里紧张得汗毛直竖，他从水獭峒出来，转弯抹角跑了好几里路，想把那向熊的尸身甩脱，却怎么也摆脱不了。再向前跑至施河桥的一个石灰窑边，鲁希哈急中生智，忙把手里的人头向石灰窑里一丢，那浓烈的石灰将人头一下糊住了，向熊的尸身这时才晃几晃，猝然倒下地去。鲁希哈大功告成，便悄然又回到家中隐藏了起来。

第二天早上，水獭峒的众兵丁不见了向熊，知道大事不好，忙爬上扬旗山呐喊，向雅角寨的向虎报信。扬旗山是座高耸入云的大山，它与背后的雅角山彼此遥遥相对。向熊和向虎早先有过约定，凡是雅角方面出了事，就以吹牛角号联系，水獭峒方面出了事，就以摇旗呐喊为号来联系。当下，向虎驻在雅角山上瞭望的兵丁，瞧见扬旗山上旗帜摇晃，知道向熊方面出了事，赶紧就跑下金藏坪里向向虎报了信，向虎当即带着大队人马翻山越岭，很快赶到了水獭峒边。在洞边不远的山坳里的一座石灰窑边，发现了向熊被砍断的尸身。向虎扶着尸身嚎哭了一番，向熊部下的兵丁，接着跑来报告说，鲁希哈昨晚杀死向熊后，现在已逃跑不知去向。向虎听罢这消息大怒，他立即传下命令，将居住在水獭峒一带的所有鲁姓氏族的百姓全部捉来，他要亲自将那鲁希哈审出来。

几百兵丁于是一起动手，挨家挨户把姓鲁的一族人全部赶到了河滩旁一个大坪塔里，又在四周布下密密的岗哨，严加看管起来。向虎在一伙亲兵的凑拥下，便来到一个土台子前开始审问了。

"你们听着，我的兄弟向熊昨晚被人暗杀了！这个人名叫鲁希哈，就在你们之中。现在我请你们把他交出来，不然的话，就莫怪我向虎不客气！你们一族的人我都要统统杀掉！你们听见了吗？"

向虎杀气腾腾的如此说完，两道眼睛如电光一般向人们射去，在场的人们都屏住呼吸，一声也不敢做，整个平塔里象死一般寂静。

多云的天空此时显得特别昏暗，河滩上低低飘动着一层雾气，似一股阴森森的杀气迟迟不散。坪塔里那刀枪围困着的圈子内的人们，又似一群无辜的羔羊被赶进屠宰场一般，眼看着随时都有被宰割的危险。

"你们说不说？"过了一小会，向虎拔出腰间的长刀厉声又喝道。人群里稍稍波动了一下，但还是没有人做声。向虎于是提刀上前，一把拉出一个白胡子老人问道："你告诉我，鲁希哈是谁？

207

你躲在哪里?"

白胡子老头捋着胡子盯了向虎片刻,尔后摇了摇头:"我不知道!"

"你不说呀,我叫你啃草皮!"向虎咬着牙缝狠狠地一面说,一面举起鬼头刀,听着咔嚓一响,老人齐肩至腰一下被砍成了两截。

"啊——"人们惊恐地惨叫着,有几个孩子吓得哇哇大哭,人群中又起了一阵大骚动。

杀得血眼猩红的向虎,此时擦拭一下刀口上的血痕,嘴里哈哈狂笑一阵,接着又发出最后警告道:"你们今天要不把鲁希哈交出来,就和这老东西一样下场!"说罢,便将手一挥,"给我准备杀!"

所有兵丁立刻端起刀枪,刷地围了拢来。现在只要向虎一声令下,坪场上便会枪弹齐发,刀剑铿锵。那时血肉飞溅,整个鲁姓一族人便会全遭诛灭。

被围困的人们此时都一个个惊恐万分。眼看向虎将刀又慢慢向上举起,那"杀"的命令就要从牙缝里蹦出来了,就在这时,猛听人群中有人大叫一声:"不要动手,我就是鲁希哈!"

所有在场的人瞬间都为这声音惊住了。

向虎听到这叫声,抬起的手臂也猛的放了下来。他呵呵笑着:"好你个鲁希哈,你自个站出来了么? 我谅你也逃不出我的手心!"说罢,立刻命令几个兵丁上前,将鲁希哈押了出来。原来,这鲁希哈自从晚上回到家后,没有向外逃跑,当向虎领着兵挨户搜查时，便也被押着和大家一起进了坪场来。向虎开始审问的时候，大家都想保护他，没有让他站出来，眼看着鲁姓人全都要遭灭顶之灾了，他这才挺身而出。

向虎即抓着了鲁希哈，也就不再诛杀族人。他当即命人将鲁希哈绑在一棵树上，又另外挑选了六个青年抓住陪杀，接着命令一班弓箭手，一阵乱箭射去，将那些青年都活活射死在树上了。

向虎为向熊报了仇，当天也便班师回了雅溪寨。向虎一走，全族人都抱着死者的尸体痛哭不止。全寨人最后商议，推选了鲁德清等几个老人到土司宫来告状，期望土司来惩治向虎。

彭泓海听罢三个老人的讲述，遂点头道："向熊作恶多端被杀死罪有应得，向虎滥杀无辜，应该给他惩处。"说毕，即命五营中军首领尚朝勇道："尚将军，你带二营中军去雅角寨缉拿向虎。"

"遵命！"尚朝勇答道。

三位老人遂跪告叩谢，然后给尚朝勇的中军带路直向金藏坪赴去。再说向虎回雅角寨后，每日在家只是饮酒作乐。一日清晨，忽有一家丁慌忙报信道："老爷，坏了，寨子里开来了一支队伍。"

"他们是干什么的？"

"不知道。"

"出去看看。"

向虎来到门口，便见一队兵丁迎面走过来。为首的一个舍把大叫道："向旗长，谁是向旗长？"

"我就是!"向虎回道,"你们是土司城来的兵吗?"

"不错,我们正是爵爷派来的兵,专来找你。"

"找我有何事?"

"请你去土司城一趟!"

"去土司城干嘛?"

"爵爷请你去,你去了自然就晓得了。"

"请我去,为啥派这么多兵来?"

"派这么多兵来,专来伺侯你呀!"那舍把说着,猛然下令道:"给我拿下!"

随即,几个兵丁拥上前,一下便将向虎扭住捆绑了起来。

"你们为啥要捆我?"

"你作恶多端,今日我们专来捉拿你。"那舍把说着,便将向虎押到了中军首领尚朝勇的面前。尚朝勇呵呵笑道:"向虎没想到这么快就把你捉住了!人们都只说你如何厉害,却不料是草包一个。"

向虎恨恨地说:"向宣慰为何派兵来抓我?"

"你自己作了恶,杀了水獭峒那么多人,还有何话可说?"

"我是替我兄弟报仇才去杀他们的。"

"你滥杀无辜,罪不容赦!本将军奉命就地处决你!"说毕,只一挥手,几个如狼似虎的兵丁就像拖猪一般,将向虎拖到寨边几棵树下,一顿乱刀砍成了肉泥。

第二十六章　铁缆锁住飞牙角
白鼻土司行无道

　　尚朝勇奉令擒斩向虎后，那五十八旗三百八十峒的土民从此更加臣服土司。彭泓海在土民中的威望也更加高了。

　　到了晚年，彭泓海因功倨傲，性情渐渐变得专横多疑起来。有一年冬天，彭泓海率一班随从打猎行乐，在太平山行猎三日，猎获了许多野猪、兔子之类的山中野物。这日下午，众人在观猎台燃起熊熊篝火，把那些野物拌上盐、辣椒之类的香料，再放到火上烧烤，一个个香喷喷地大嚼特嚼着。老土司拿着一块麂腿肉，一面吃一面问："喂，你们觉得这野味如何？"

　　"好吃极了！"土经历向运周回道，"我们好久没吃到这样的烤野味了。"

　　"以后，我们每月都上山来打猎，让你们吃个够！"老土司说。

　　"好呀，爵爷说打就打。"向运周又道，"这太平山的猎物打得不多了。下次，我们去牙角山打吧。"

"牙角山有多远？这里看不看得到？"老土司问。

"你看，那座山就是牙角山。只几十里路。"向运周用手指远处一座山解释道，"那座牙角山据说是匹逆马，你看它的屁股对着灵溪，头向万虎山伸着哩！"

"你听谁说的？"老土司忽然厉声问。

"我……我听风水先生讲的。"向运周见土司变了脸色，一时不知所措。

"是哪个风水先生，你马上把他给我找来，我要问他。"

"是……是王家湾的王闻道讲的，我马上去叫他。"

向运周说着，随即匆忙下山，飞快跑到王家湾，传令老先生王闻道火速上山。

王闻道一点不敢怠慢，立刻同向运周一起，气喘吁吁地爬上太平山，来到了老土司身边。

"爵爷，有何吩咐？"王闻道跪倒在地问。

"你站起来。"老土司问道，"听说那牙角山是一匹逆马？这话是你说的？"

王闻道站起身道："启禀爵爷，这话是我说的，牙角山确是一匹逆马。"

"你有何据，说它是逆马呢？"

"我是观相书，看风水而测知的。"王闻道解释道，"你看这整个灵溪的风水，是一个万马奔巢的宝地。四周的山都向内侧，象征着万马归顺，惟有牙角山那匹马不听话，它的头面向万虎

212

山，它是屁股向着老司城，那是生了外心。所以是一匹逆马哩！"

老土司仔细支着耳朵听了这回答，想了一会，不禁点头道："难怪牙角寨出了乱子，原来那座山就是匹逆马！"说罢，又勃然发怒道："灵溪城乃我土司世袭宝地，四围的山就像万马奔巢归顺于我司，为何牙角山那匹马胆大包天，竟敢背叛我司主，我要整治这匹马，你说有什么治法？"

"治法倒有，就是要把它拴住。"

"怎么个拴法，你说。"

"可请铁匠打三百三十六把铁锁，要岩匠打三十六丈深，三丈六尺宽的石洞，将它的颈部锁住，再用三十六里长的铁链将它套在老司城，它就跑不动了。"

"好，就照这个办法把它套住。"老土司又吩咐道，"此事就交给你和向经历一块去督办。"

"遵令！"

土经历向运周和风水先生王闻道遂按土司的旨意，迅速在各寨调集了三十六个铁匠，三百三十六个岩匠，花了大半年功夫，终于把那铁锁、石洞和铁链都打好了。套铁链的那一天，老土司又招来五十八旗旗长和三百八十峒的峒长，齐聚牙角山下，观看套逆马的仪式。

随着三声炮响，铁链的一端，被岩匠们拖进石洞，钩住了飞牙角的鼻孔，另一端系到了老司城的铁柱上。铁链套完后，彭泓海便对众臣道："飞牙角这匹马不服我管，我把它锁起来。看它还敢不敢叛逆。你们这些臣子，是不是也想学飞牙角的马？"

众臣子遂都下跪道："不敢，不敢，我们不学飞牙角的马，我们愿归顺爵爷！"

"起来吧！谅你们也不敢作对！"老土司说罢，就心满意足地回了司城。

土司走了之后，据说有个舍把趴到牙角洞中，听到牙角马咬牙切齿地说："土司佬，你锁我的鼻子，我要投胎做你的儿子，断送你的江山。"这位舍把暗自惊异，却不敢声张。土司主彭泓海病死去了，他的儿子彭肇槐承袭继位。此时已是康熙五十一年（1712年），为给老土司彭泓海树碑立传，由彭肇槐主持，在司城衙署旁建了一座八尺多高的德政碑，碑上刻了一篇数千字的碑文。其碑联称"万片石铭恩德厚，千秋永颂山碑新。"此碑至今还立在土司城的世宗堂中，有雅兴者，自可去游览考察。

再说彭肇槐继位后，不知是荒淫过度还是别的缘故，竟落下了一个鼻子痛的怪毛病。他的鼻子生下来就有块白色胎记，故被人称为白鼻子土司。自承袭爵位后，其鼻子又时常发痛，只要是阴天变天时，他的鼻子就会痛，一痛起来，他就欲杀人。一次，他的鼻子又发炎红肿了，土经历向宏远把宫医陈郎中找来，给他诊治了三天，又打针又吃药，却不见一点好转。彭肇槐痛得难忍之时，大声命令护卫道："陈郎中医技太差，给我把他沉河潭里去！"几个护卫立刻扑上前，不由分说，将陈郎中手脚捆了，再用麻袋装了，然后抬到奈河桥沉下了河潭去。土司处死了人，鼻子痛才觉好一些。此后，每逢他鼻子痛再发作，便又要杀人。这一来，弄得司城里的人都人心惶惶。土民们都开始疏远土司了。

彭肇槐为自己患的这种怪病也痛苦不堪。一日，他将老臣向宏远唤来问道："向经历，你是先朝老臣，你说说，为啥我这鼻子老治不好呢？"

向宏远道："我看是这灵溪的风水出了问题。前番牙角山叛逆作怪，先祖用铁链将它锁住，保不定它又在用别的什么法子作怪。依我看，你只有把土司衙署移到别处去，才能避开灾难。"

"土司衙署移到哪里去为好？"彭肇槐动了心。

"可移往颗沙，那里先祖早就建有行宫。"向宏远道，"我们只需搬迁过去，再修新城即可。"

"好，此议甚妥，我亦不愿在灵溪住了。"彭肇槐道，"传我之令，马上把司城衙署迁往颗沙！"

"是！"

向宏远立刻招来各千总舍把等头目，传达了土司旨意，决定把司城衙署尽快迁往颗沙去。

半月之后，灵溪司城除让少数人留守之外，其余大部分土民和兵勇，全部遵命迁到了四五十里外的颗沙新司城中。这新司城依山傍水，也是个风景秀美的好地方。早在明朝弘治年间，永顺宣慰司使彭世麟就在此地建了行宫，修有几处别墅。彭肇槐把衙署搬来后，又大兴土木，在新司城修了不少房子。那灵溪老司城自土司迁走后，即开始变得荒凉了，而颗沙这时则开始变得热闹起来。彭肇槐自搬入这新司城之后，说也奇怪，他的鼻子倒不再痛了。但是身体仍很孱弱多病。

雍正五年冬的一日，彭肇槐正在衙中署理司事，忽有宫内守卫官向士勇上前禀报："爵爷，保靖土司来人了，请求进宫拜见。"

"让他们进来。"彭肇槐点了头。

向士勇随即出宫，将一行五人带了进来。

"参见爵爷！"这五人齐刷刷跪在了地上。

"啊，免礼了，请坐。"彭肇槐摆了摆手。

为首的一个汉子又叩首道："彭爵爷，我们是保靖人，本人名叫张四，是个舍把。这位是我的兄弟张五。那个公子是我们的主人，他叫彭御彬，这位夫人是他的母亲杨氏。"

"啊，原来是彭爵爷的夫人和公子。"彭肇槐又道，"你们到此有何事？"

"我们落了难，特到贵司求救！"杨氏妇人回道："看在亲戚份上，还请你出兵扶助。"

"有何难事，请讲吧。"

"张四你说吧！"老妇人道。

舍把张四遂将保靖司内的变乱经历细叙了一遍。

原来，保靖土司自彭泽虹继位后，由于施政暴虐，枉行不法，激起苗民不满，参奏告状不断。朝廷已将他捕去审讯，司政暂由其妻杨氏护理。不久，彭泽虹害病去世。其长子御彬按理应该承袭土司职位，但其父庶兄彭泽蛟欲夺其位。一天夜里，彭泽蛟纠集同党骨干，在宫内发起突然袭击，将数十护卫杀死，并夺走了司印。危急之时，舍把张四兄弟舍命相救，保护杨氏和御彬跑出宫中，然后才逃来永司求救。

216

彭肇槐听罢叙说，一时也沉吟不语。因为他知道朝廷革了彭泽虹的职，又听说朝廷对土司将实行改土归流，心中故十分疑虑。

张四这时又求他道："彭爵爷，救救他们母子吧！"

彭肇槐道："我这里怕不好容纳，我若收留你们，会惹火烧身，那彭泽蛟会来怪罪我的。"

"唉呀，你都怕他怪罪，这可怎么办呀？"张四惊叹道。

"你们自想办法吧，我这里不能留！"彭肇槐又回绝道。

杨氏一行人见彭肇槐不肯相助，于是只好怏怏走出了永司衙署。

第二十七章　彭御彬求救桑司
彭肇槐献土归流

　　杨氏妇人一行来到颗砂街上，张四便问："如今无路可走，永司不肯相救，我们该怎办？"

　　杨氏回道："听说桑植土司向宣慰肯仗义救人，上次散毛司覃煊袭职，就是向宣慰帮助打的官司扶上台的。我们何不去桑植找向宣慰？"

　　"对，只好去找他了。"舍把张四应允道。

　　一行人随即就跑到桑植，找到宣慰使向国栋又诉说了一番处境。请救桑司发兵相救。

　　向国栋弄清原委，乃回答道："我为散毛司官纲一案，恚误受累不小，羁身四载，往返用费甚苦，今始得如正义，煊与我均经开复回司，司务缘此废弛数年，目前自顾不暇，安能相救？况邻司甚多，尔等急往他司求之可也。"

　　舍把张四听了这话，又哭着跪下道："永君不顾官纲，其他

邻避投之无益，贵司若不怜悯，只好束手待毙，别无能救之
人矣。"

向国栋见其言词意切，心念这孤儿寡母被害无依，事虽碍难
而心甚不忍，乃又劝慰道："你们别急，既然他处无投，我当请
永君一道商议。"说毕，即命人将彭御彬一行几人作了安顿。

第二天，向国栋即修书一封，差人送往永司，约永君到上峒
相会。彭肇槐接到书札，乃如约到了上峒。此时，向国栋偕彭御
彬一行几人也到了上峒。双方在上峒长官司处会谈了两日。会谈
中，向国栋说："保靖司内情我不太熟悉，那彭泽蛟为人到底
如何？"

彭肇槐道："彭泽蛟是彭御彬的伯父，他五十多岁，为人凶
悍残暴，彭泽虹在位时都让他三分。现在泽虹病故，彭泽蛟欲夺
土司位，谁也难阻挡他。"

向国栋道："官纲正道乃父死子承，子无则兄继。彭泽虹虽
然病故，他有两儿子，长子御彬承袭是正理，岂能由伯父夺
侄位？"

"话虽如此，彭泽蛟一意孤行，谁能管住他？"

"矧如此，我兄弟不可坐视，当其详文救伊母子，保举承袭
为是。"

彭肇槐听罢此言，显得很为难的样子，并不吭声附和。

向国栋见其不应，知道永君有难言之隐，遂不再多言。

当晚，向国栋又修书一封，派人送至容美土司田旻如处，约
他到大岩屋再聚会，说有要事相商。

几日后，向国栋带着彭御彬一行来到五道水，与田旻如在大岩屋边按约相会了。双方在大岩屋旁的行宫内住下，又详细商谈了大半日。向国栋先请彭御彬及其舍把将保靖司彭泽蛟谋逆经过，作了细述。接着，向国栋说："今彭御彬母子有难，永顺司不肯相救，现在他们逃难到我处，我想此事事关重大，特约请吾兄公议。"

田旻如道："此官纲正义，吾当共同保举。"

"好，还是老兄讲义气！"向国栋赞叹道。

两人随即共商，给湖广总督和湖南督抚处写就了一篇呈文。然后派人急送到长沙和武昌。其文略曰："自古子承父职，无子则兄弟依次相承，乃为官纲正义。今保靖司宣慰使彭泽虹因故去世，其位理当由长子御彬继承，不料庶兄彭泽蛟阴谋篡位，并起斩草除根之念。彭御彬、彭御林及其母亲为避难已逃奔桑植司。桑植宣慰使向国栋与容美司宣慰使田旻如不忍坐视不理，欲保举保靖司彭彬承袭，特呈请潘司及制台大人批处。"

湖广总督府及湖南督抚院接此呈文后，乃令辰州道台王道理前往查问。王道台乘船到永司王村，即让桑植司派人护送彭御彬母子到王村候查。杨氏夫人心有恐惧，不敢前去。向国栋劝慰道："上宪准我两司详文，委道台查问，正尔母子申冤之时，况有我两司扶持，尔尚何惧？"杨氏道："我母子素不善言，又无川资何能去？"向国栋道："吾已着我四弟先去，令接见时即将尔母子被害情由预先禀述，管教尔母子见道台不消多说，其盘费有我相助，随从人役亦拨齐，只管放心前去，诸事有我照应。"杨氏方应允随行。

过了数日，桑容两司差人带着彭御彬一行到了王村。王道台当面查问了保靖司的有关变乱情况，彭御彬及其母亲杨氏和舍把张四等人一一作了详细叙述。所说情由与桑容两司呈文的内容完全相符。王道台听后，当即好言安抚了彭御彬母子一番，并允准彭御彬承袭。

查问完毕，王道台即回辰州府，并将访查详情向督抚两院做了汇报。不久，督抚两院委辰州协会同桑容两司捉拿彭泽蛟。辰州协副将杨凯带着三百余人马不敢独往，督抚两院再檄催桑容两司委员带兵协缉。桑植司向国栋便派了左副使向国相出兵协助，容美司田旻如派了经历田中正领兵协助。三方人马江集约有两千余人。

半月后，三支兵马分别到达保靖土司城外。彭泽蛟领兵守在土司城内。围城首领在城下高声喊话道："彭泽蛟，你听着，我是辰州协副将杨凯，今奉督抚令会同桑容两司出兵来缉拿你归案，你若识相，请快投降受缚。"

彭泽蛟站在城头回道："我保靖土司未得罪官府，尔为何出兵来攻？"

杨凯道："你司宣慰使彭泽虹病逝，按例其位应由长子彭御彬承袭，而你不顾官纪正纲，竟敢篡位谋反，现彭御彬母子已具状上告，督抚令我等前来缉拿，你还有何话可说。"

"承袭宣慰使，乃我土司内部之事，何由外人干预。"彭泽蛟道，"彭御彬年青无知，尚无能力处司务，我弟临逝将司印交我监管，因而你们为何不弄清缘由，就悍然出兵来相攻？"

"你不用狡辩，今大兵到此，你不受降，将插翅难飞。"

"有本事就来攻吧！"彭泽蛟傲慢地回道，"打得赢，我这土司位就让给彭御彬；打不赢，你们就快滚！"

"好一个恶霸，给我打！"扬副将立刻下了令。

随即，双方开始了交火。攻城兵丁用土炮轰炸，土司城被炸开了一个缺口。接着，手持火枪和弓箭刀戟的辰州协兵和桑容两司的兵丁，一个个喊着杀声直往前冲，城内的守兵用火枪弓箭回击，双方激烈交战了一个多小时，最终守兵抵挡不住攻击而溃败了。杨副将和桑容两司的带兵首领率部攻进城去，保靖司城终被占领。彭泽蛟带着少量随从突围出城，一气奔跑到了永顺司。永司宣慰使彭肇槐见其落荒而来，也不敢对他进行庇护收留。"帮我一把吧！"彭泽蛟求他道。

"不行！我这里不能容留！"彭肇槐断然拒绝道，"你还是到辰州府去自首，请求宽恕吧，不然官府是不会饶过你的。"

彭泽蛟无路可走，最后只得听其劝告，自动到辰州府投案自首去了。

彭泽蛟被击败后，桑容两司便派人护送彭御彬一行回到了保靖，使彭御彬终于承袭了该司宣慰使职。

再说辰州协副将杨凯在保靖打败彭泽蛟后，继续率兵追来，不日到了永顺。宣慰司使彭肇槐大摆宴席，款待杨凯部将官兵。宴席之后，两人就保靖司内乱的情况作了深谈。彭肇槐对副将杨凯道："杨将军，保靖司这次骨肉相残，官府派兵弹压，地方百姓深受其苦，我感到坐卧不安啊。"

"怎么，保靖司出的事，与你何干？"杨凯奇怪地问。

"杨大人，你不知道，保靖司与我永顺司是兄弟邻司，岂能无干？"彭肇槐道："我们两司八百年前属同一个祖宗，都是溪州刺史彭仕愁的后人。保靖司远祖是彭仕愁的次子彭师杲，我们永顺司的远祖是彭仕愁的长子彭师裕。你看这种关系有多深！"

"虽然如此，保靖司出了乱子，你也不必感到如此不安嘛！"

"我是担忧这土司制沿袭太久，现在后人已无力为继了！"彭肇槐又出语惊人地说，"从保靖司这次内乱的情况看，以后该司争夺土司位的乱子还会不断。"

"为什么呢？"

"因为保靖司内关系复杂，彭泽蛟虽然被赶走了，但他那一方的势力渗透到各旗、舍把之中，彭御彬虽被保举承袭了，他要巩固自己的地位也非易事，其属下恐难服从。"

"其属下不从，有朝廷支持，彭御彬也可稳住其位呀！"

"不容易啊！"彭肇槐回答，"属下统驭不了，迟早便会被推翻。所以，我现在不光担忧保靖土司，也担忧永司和桑司都难维持长久。为什么？因为各土司内部关系皆很复杂，矛盾不断。想争权夺位者不少。各司使旗长、舍把很难号令，土司内部亲族又各分派别，只想拥立自己的亲属承袭大位，以此弄得局面不稳，很难统驭。"

"不管土司内人事怎么复杂，朝廷只支持世袭的土司主政。"杨副将道，"其他人要造反，官府就会帮助土司弹压。"

　　"土司偏处一隅，有时官府鞭长莫及啊！"彭肇槐又道，"最可担忧者，乃自己兄弟之间为争土司位互怀异心。我今为使后辈不为争权夺位而成仇，乃愿献土朝廷，改土归流，并求皇上安插去祖籍江西居住，量授武职微员，不知可行否？"

　　"啊，你说的这些情况很重要，我对你的心情很理解，你的请求我会转告督抚。"杨副将道，"你最好写道呈文，我帮你去转呈！"

　　"好，我马上就写！"彭肇槐点了点头，遂命家仆拿来纸笔，在桌上挥毫写就了一道呈文，内容略曰："生逢尧舜之世，不得与内地臣民同列，深自愧悔。今造具家口册籍，绘具舆图，情愿改土归流，并求安插江西祖籍，量授武职微员，效力图振"云云。

　　彭肇槐写毕，即把呈文递给杨副将过目看了一下。杨副将看后甚觉满意，遂把呈文封好，然后率部回了辰州，并将彭肇槐的呈文转送到了武昌督抚院。湖广督抚将此文又呈送京城，不久，皇上批复，令彭肇愧赴京当面奏对。彭肇槐接令后，立即启程赴京。半个多月后，彭肇槐风尘尘扑扑到了皇城脚下。在京城择店住下，选了一个良辰吉日将帖子递进皇宫，很快即获天子传令进宫会见。

　　这是一个秋日的上午，太阳照在天空，皇宫前一片金碧辉煌。彭肇槐在侍从的导引下走进宫内，只见雍正皇帝端坐在龙椅上威风凛凛。

　　彭肇槐走上前去跪禀道："启禀皇上，永顺宣慰司使彭肇槐

224

叩见皇上，愿吾皇万岁万万岁！"

"呵呵！你就是永顺土司彭肇槐吗？请平身。"

"谢皇上！"彭肇槐站了起来。

雍正皇帝端详了一下即道："彭宣慰，你呈文愿改土归流，是出自诚心，抑或有迫胁否？"

"禀皇上，我是诚心诚意自愿改土归流，并非出自迫胁。"彭肇槐道。

"好，你即出自诚心，朕就满足你的心愿。"

雍正帝说罢，就挥笔写了一道诏书，由大臣当面宣读诏谕曰：

永顺土司彭肇槐，谨慎小心，恭顺素著，兼能抚辑土民，遵守法度，甚属可嘉。据湖广督抚等奏称，彭肇槐情愿改土归流，使土人同沾王化。朕意本不欲从其所请，又据辰沅靖道王柔面奏，彭肇槐实愿改土归流，情辞恳切。朕念该土司既具向化诚心，不忍拒绝，特沛殊恩，以示优眷，彭肇槐着授为参将，于新设流官地方补用，并赐以托沙喇哈番之职，世袭罔替，再赏银一万两，听其在江西祖籍地方立户安插，俾其子孙永远得所。着吏部定议具奏。

雍正六年三月

"谢主隆恩！"彭肇槐听罢诏谕，紧忙叩头致谢。

"起来吧，你可以回去迁任了。"

彭肇槐再给皇上跪了一头，便千恩万谢地告辞出了宫去。

又过半月，彭肇槐才从京城返回永顺。不久，他便开始将家

225

眷迁往江西。历经了了后梁、后唐、后晋、后周、宋、元、明、清王朝计 817 年的彭氏土司政权，从此宣告结束了。这一年是雍正五年。奉皇上诏令，永顺司在此后不久的第三年（雍正七年）便被改了永顺府。该府管辖永顺、保靖、龙山、桑植四县。此是后话。

第二十八章　唐宗圣三次叛主
朱潘司计请改土

当永顺司正改土归流之时，桑植司接着又引发了一场新的内乱。

且说是年冬季的一天夜里，向国栋的五弟向国材久居在家，正闷闷不乐地呆坐在火炕边发痴。忽然，院子外来了一位不速之客在敲门。

"是谁？"向国材支起耳朵大声问。

"是我！"

向国材开门一瞧，原来是唐宗圣。

"你好久不见踪影，今日怎么到我寒舍来了？"向国材问。

"我专来拜访你，有要事相商也。"

"什么事？"

"进门再说吧！"

两人遂进了一屋内坐下。

唐宗圣道："近闻永司出了大事，你可知否？"

"什么大事？"向国材问。

"听说彭肇槐已向朝廷献土，请求改土归流，皇上已经诏令允准，永顺司就要改为永顺府了，土司制就不再存在了。"

"啊，真有此事？"向国材惊奇地大叫道，"这可真是一件大事。永顺司彭肇槐怎么会作出这样的决定呢？"

"还不是担忧土司制维持不下去了。"唐宗圣道，"现在各处土司内人心不稳，彭宣慰也是权衡利弊，无可奈何才走一这条路吧！依我看，咱们桑植司迟早也会走改土归流这条路！像现在这样局面，只怕也维持不久了。"

"是啊，我巴不得改土归流就好，这土司世袭制只有长子才有继承的份，与其让我哥那样一人独当大位，还不如不要这土司制好。"

"实行土司制都没关系，关键是看谁来掌土司大权。"唐宗圣道，"如若让你掌权了，这土司制也就为你所用了。"

"对，就是这样。可我这辈子恐怕轮不到了。"

"别灰心，咱们可再起事，把向国栋推翻，你就可以上台了。"

"我可不敢轻易再冒险了，上次有了教训啦。"

"你怕什么，现在形势大变了。"唐宗圣又鼓动道，"你只要把忠于你的几个旗长亲戚联络好，我这里再助你一臂之力，保证能让你坐上土司职位。如果坐不到了，那时我们再设法要求改土归流也不迟。"

228

"这办法倒可考虑。"向国材道，"我可以去找西旗长和北旗长，这两人我有交往，但不知他们会不会支持。"

"可以去一试。"唐宗圣又道，"我这里有我三个儿子相助，把宫中占住不成问题。你要尽快行动，把住时机。听说向国栋这一段住在宫内，沉溺在酒色之中，咱们正好承机行事。"

"好，我们马上分头行动。"向国材下了决心。

当晚，向国材便差人暗中先将西旗长杨一文叫来屋内商议道："你过去与我交谊甚厚，现在我有一事与你俩相商，不知可行否？"

"说吧，你有何事，尽请吩咐。"杨一文点头道。

向国材道："近闻永顺司已改土归流，而我司向国栋依然专横跋扈，民心丧失。我欲征求你的意见，可否参加起事，废除向国栋宣慰使职位？你若能支持我袭位，我当重加奖赏，不亏待你扶助之功。"

杨一文道："此废主大计，当谨慎行事，万不可让他人知道。"

"这里没有外人，你放心。"向国材道。

"我们可多作准备。待明日我制定一个周全计划，再行动不迟。"杨一文建议道。

"好，你回去，考虑一下也好，明日我们再商议。"

当晚，杨一文回到家里，经过一番权衡，觉得废主一事风险太大，弄得不好会掉脑袋，遂又将此事告了密。向国栋得悉向国材谋逆之心未死，不禁气愤地说："我这五弟自不量力，上次谋反被我原谅了，这次竟又起了坏心。罢，罢，我们兄弟之情已经绝矣。"遂把内管总理傅俊林叫来，吩咐他带一根棕绳赐予向国材。傅俊林遵令而行。第二天一早即带着几个随从到了向国材的院内。向国材一见傅总理到来，便知大事不好，脸色刷地就变白了。

"向国材，奉宣慰司之令，赐你一俱全尸，请自动手吧!"傅俊林盯着他道。

"我……我犯了什么事? 要赐我死?"向国材结结巴巴地问。

"你自己做的事，自己心里明白。还要我点穿吗?"傅俊林道，"昨晚，你把杨旗长找来谋了一些什么事?"

"嘿，这个小人，我就知道是他出卖了我!"向国材明白，事已至此无可挽救。于是只得接过棕绳，然后朝梁上一甩，把绳扣拴了脖子，再站在椅上，双脚一蹬，便悬空自尽了。

傅俊林见向国材已死，方回宫作了禀报。向国栋派人将其尸作了厚葬，对外称其弟昨晚突然暴死。

再说唐宗圣得知向国材突然死去，心下惊恐不已。他怕向国栋会怀疑到他头上，乃加快了谋叛计划。当日夜里，唐宗圣即命三个儿子开始分头行动。长子德威率龙潭州五百余兵丁开进土司城，将五营中军兼朝南安抚使尚朝先的住宅包围起来，一举把尚朝先一家控制了，然后挟持着尚朝先解除了五营中军的武器。又令二子德权、三子德岐各率一旗兵丁，连夜会同龙潭州的兵丁一起将土司宫作了包围。

其时，宫内总理傅俊林，副总管向长伟率部把守宫廷，欲作顽强抵抗。双方对抗一阵，守兵终因寡不敌众，四散奔走。唐德威、唐德权、唐德岐三弟兄挥兵猛击，很快将傅俊林、向长伟擒获斩首。接着，又将宫内护卫覃志勇、刘子贵、尚宗璜等人杀死。

向国栋在后宫闻知有变，正慌忙不知所措，护卫官张大微道："爵爷别急，咱们从后门突围吧！"说罢，即护着主人和家眷一起趁夜由后门逃出，直向云旗地方跑了去。到了云旗寨，又由云旗长护送到了永顺司去避难。永司宣慰使彭肇槐这时从京城献土刚回，见到桑司宣慰使狼狈逃来，乃对他道："向宣慰，你避难我处，暂可藏身。不过我这土司已庇护不了你多久，永顺司已经皇上诏令改土归流，我劝你不如也改土归流算了，省却许多管理司政的烦恼，还时时担忧着被篡杀谋叛的风险。"

向国栋无奈地说："唐宗圣觊觎我已久，我对他一直是宽大为怀，不料他恩将仇报，屡次叛我，这是他第三次谋叛，我不能不认真对付。倘若上宪能明察秋毫，将此次我司叛乱之元凶惩处，我亦情愿向朝廷纳土，改土归流。"

两人如此商议一阵，忽闻容美司派舍把田高云到了永司。向国栋与田高云相见后问道："田表兄派你来为何事？"

田高云道："我们已得知贵司发生变乱，田宣慰放心不下，特派我来接你去容司。"

"多谢田兄好意。"向国栋道，"我司发生叛乱，现在情况不明，我不能回避远去。我想让应袭三子大任去容司，还请你们多加照应。我在此将具文上报，等候上宪回复，待案情明了再作打算。"

"也好，就依你之言，我且带贵公子去容司。"

田高云说毕，即按向国栋的嘱托，把应袭三子向大任带去了容美司。

向国栋暂住永司，遂将唐宗圣叛乱之详情作成文书，差人分送到武昌和长沙，只等督抚两院批文后再作计议。

再说向国栋离开土司宫不久，天就渐渐亮了。攻进土司宫内的唐氏父子和兵丁，此时冲进了后院。众兵丁去搜向国栋时，却不见了他的人影。

"这后墙的门打开了，一定从这里跑啦！"唐德权大叫道。

"嘿，又让他走脱了！"唐德威跺脚叹道。

"快追吧！他可能走不远。"

"对，赶快出城去追。"

唐德威紧忙下令，让部属去城外追赶。但是，城外有几条路，也不知向国栋朝哪条路走了。唐德威率兵盲目追赶了一阵，看看仍不见一点踪影，只得下令又折回了城。

此时天已大亮。唐宗圣也来到了宫内。得知向国栋没有抓到，他心里也沉不住气了。假如向国栋逃到永顺司或容美司，不出几日，就会搬兵来进行讨伐。那时他会守城不住。

"咱们只有去洪家关了！"唐宗圣叹道。

"为何要去洪家关？"唐德威不理解。

"你不知道，要是不走，就会大祸临头。"唐宗圣道，"向国栋逃走了，他一定会搬兵来进行报复。所以这土司城不能待了。我们只有去洪家关避一避。洪家关乃九溪协管辖之地，桑植司不能越界去那里捕人。"

"洪家关旗长会不会收留我们?"唐德威又问。

"没问题,洪家关旗长冯友明我很熟,咱们赶快去吧!"唐宗圣又交代道,"把土司城的人全都带走,货物也运走,让向国栋回来什么也得不着。"

"好!就这么办。"唐德威立刻传令开始执行。

第二天下午,在唐宗圣父子的威逼之下,土司城的一千多居民终于被强迫驱赶而向洪家关涌去。那洪家关距两河口约七八十里,从两河口顺澧水河而下,到南岔后,再朝泉河逆行十余里处即到。洪家关其时还只是一个百余人户的寨子,该寨旗长冯友明此日正在寨外打猎,猛见到唐宗圣一行骑着马到了寨前。

"喂,唐总理,你带这么多人来干啥?"冯友明站在寨边的一高坡上疑惑地问道。

"我们是来避难的!"唐宗圣勒住马头回道,"请勿见疑,我带了这些军民百姓来;是投靠你们的,因为桑植司发生内乱,向宣慰要斩杀我们,我等无处可去,特来贵寨避难。"

"来我寨避难?你们这么多人,怎么住得下?"

"我们只暂住几日,可慢慢再想办法迁往别处。"

冯旗长稍稍沉吟了一下,点头应允道:"那就请进寨吧,不过,你们只有自己搭棚居住。"

"这没问题,我们自己想办法。"唐宗圣回答道。

随即,这一千多军民涌进了洪家关寨,并临时搭成窝棚营寨,权且安顿居住了下来。

　　冯旗长见桑植司来了这千多人避难，也不敢掉以轻心，他派了一个差使到九溪协向副将包进忠做了报告。包副将正不知如何处置此事。营书熊丕给他献计道："土司素饶金银财物，今桑植司有事，总爷当亲去查问，必得重利。"包副将本是个贪鄙之辈，听了此言。立刻眉开眼笑道："好！我们速去查问查问。"

　　当下，包进忠即点了二三百兵马，迅速向洪家关开去。第二天上午，包进忠率部下到了洪家关寨子。冯旗长设宴进行了款待。

　　包进忠扎营之后，即对唐宗圣父子四人进行了一番传讯。

　　"唐总理，你是因何事逃至此处来避难的？"包进忠问。

　　"总爷明察，我们是被迫迁到此处来的！"唐宗圣道，"在两河口我们已待不住了，向宣慰会杀我们。"

　　"他为何要杀你们？"

　　"因为我们已势不两立。"唐宗圣道，"向宣慰在位残暴不仁，他千方百计虐待土民，向土民滥派银两，土民交不出就严刑拷打。大家不堪忍受，才群起反抗，攻破了土司宫，赶走了向国栋，然后才逃出土司城来洪家关避难。"

　　"既然向国栋已被赶走，你们为何又跑到这里来了？"

　　"我们怕向国栋搬兵报复。向国栋与容美司和永顺司都结拜过弟兄，这两司会出兵来相助，届时我们会抵抗不住，所以就决定投奔洪家关避难来了。"

　　"你们攻占土司宫，杀死了多少人？"

　　"杀了几个护卫和宫内总管。"

234

"如此说来，这杀人罪你们是脱不了干系了！"

"求总爷开恩！"唐宗圣道，"我们是被迫才反抗打死人的，情有可原啊！"

"你们打死了人，官司是肯定要吃的。至于这官司打不打得赢，那就看你们的神通了。"包进忠狡猾地说。

唐宗圣听他这话中有话，立刻心领神会地说："总爷，我们在土司宫带来了十多个宫女，还有牛马，情愿不要，都送给你，拜托你给我们作主帮忙！"

"好吧！"包进忠贪婪地笑着道，"有这些礼我可以帮你们想办法。"

唐宗圣即叫人把那些掳来的宫女和一些金银财物都送来了。包进忠看着那一个个如花似玉的宫女，不禁点头道："好，好！有这些佳人送我，我一定帮你把案子处理好。"

当日夜里，包进忠又与营书相商，决定要唐宗圣父子四人主动去长沙状告向国栋滥派银两及逼死兄弟向国材，因而才激起民变。唐宗圣等不肯去，包进忠又采用半诱半逼的方式，强行将唐宗圣父子押送去了长沙。

不久，长沙抚院接到向国栋的呈文，又派岳澧道台杨林到洪家关勘察，向国栋闻讯，遂从永顺司赶到洪农关，当面向杨道台备述了案情经过。杨道台却不肯轻信表态，只带了他同往长沙，让向国栋与唐宗圣等同在省抚院质讯受审。

省抚院将此案由潘司朱刚出面主审。朱刚先提审唐宗圣道："尔告向宣慰滥派督款，他曾入手多少银两？"

唐宗圣道："具体数目尚不清楚，但向国栋搜刮民脂，滥派银两属实。"

"既然他滥派银两属实，为何没有具体数目？"

唐宗圣回答不出，只好闭口不言。

"尔等攻占宫城，因何杀死总管傅俊林等人？"

"因向国栋滥派银两，激起民变，傅俊林是宫内总管，催逼银款被人仇恨，故而被杀。"

"你告向国栋逼死其弟向国栋，有何依据？"

"向国材死前住在家中，他头天晚上还好好的，第二天却突然上吊自尽，他的死太蹊跷，我怀疑必定是向国栋逼死，因为他们兄弟向来不和。"

朱刚听了唐宗圣的状词，也不再细问，即让人把他带了下去。接着，便传令向国栋出庭质讯。

"向宣慰，你的司民控告你滥派督款，有这事吗？"

"藩司大人，这全系诬词。"向国栋道，"他们既然告我滥收银两，我滥收了多少？为何说不出具体数目，这显然是虚控。"

"你的兄弟向国材是怎么死的？"

"是他畏罪自尽的！"向国栋道，"先前他曾参与密谋叛主，并逼死过唐景文，那次我没有惩处他，此次他又萌生反叛之心，与唐宗圣等暗中勾结，欲要逼宫变乱，串通谋篡，却被识破，有人向我告了密，向国材见事泄露，乃畏罪自缢。此事若不信，尸尚可验。"

"你告唐宗圣等谋叛有何依据？"朱刚又问。

"唐宗圣谋叛由来已久。"向国栋道，"这二十余年来，他先后有过三次密谋，妄图叛我，前两次均败露。我没有追其责。因为他毕竟是我亲娘舅。这一次他又暗地串通，指派自己三个儿子率兵丁突然变乱，将五营中军首领尚朝先挟制起来，然后乘夜进攻内宫，杀死我护卫和总管多人，死者有傅俊林、覃志勇、刘子贵、唐宗璜等人，他们的家属均可作证。现在唐宗圣等不能卸谋夺杀人之罪，故捏情诡禀以求脱罪耳，还请藩司明察。"

"嗯，此案尚须核查，你先退下，再侯会审。"

朱刚说罢，就宣布暂时休庭。

是日夜里，九溪协副将包进忠受唐宗圣之托，到了藩司朱刚家里拜访。

"朱大人，这是唐宗圣送来的五百两银子，托我转交给你，感谢你对他的关照。"

朱刚瞧见银子，眼里顿露喜色。他请包进忠坐下，然后说："此案依法审理，唐宗圣等人是要吃亏的。他们毕竟犯了杀人之罪啊！"

"正因如此，唐宗圣等才惶急相求。"包进忠道，"他应允只要你把案子办好，以后会再给你五百两银子酬谢。"

"有个办法倒可一试，如若皇上采纳，唐宗圣等即可免罪。"朱刚出主意道。

"什么办法？"

"我可把这案情详细上报，请求皇上借此机让桑植司改土归流，把向国栋贬为庶民，案情既可了结。"

　　"好，好主意！"包进忠大喜道，"皇上巴不得有此隙可乘。把土司权力收回，对皇朝大有好处嘛！就这样，皇上一定会批准的。"

　　"此事暂不可外泄！"朱刚又叮嘱道。

　　"放心，我不会乱说的。"包进忠点头道。

　　朱刚随即提笔，连夜写了一道密本，差人送给了督抚两院并转呈到了朝廷。

第二十九章　向国栋负屈河南
田旻如被迫自缢

又过月余，藩司将审理结果作了宣告：唐宗圣父子及尚朝先等人送至岳州府安插，准予向国栋父子回司世袭。被唐宗圣等打死的总管傅俊林等人，则按土司例内若土司杀死人有牛马赔偿之例办理。

向国栋对此宣判结果不服，国为叛主杀人者未得惩处。于是呈文给督抚两院要求再审。督抚两院乃要澧州知州李祖复审。李知州向以秉公无私自信，接此案后，即带人来到桑植宣慰司讯查勘验。

李知州在桑植司先传讯了傅俊林和腾正甫的妻子："尔丈夫系何人杀死？"

"是唐德威和尚朝先等人杀死。"二妇人齐声回答。

"两人的尸体埋在哪？"

"在土司城山坡上。"

"带我们去查验好吧？"

二妇人遂带李知州一行到了一山坡边。李知州吩咐手下人将两座坟墓挖开，从中打开棺墓一看，果见二具尸体都有刀斧锐器击杀伤痕。于是将受伤骸骨包贮起来，准备带至省城为证。又吩咐人将向国材的坟墓控开，起尸相验，没有查出别伤，是自缢而亡属实。李知州勘验完毕，乃对向国栋几位死者家属说："此案有如此冤屈，我到长沙必与冤鬼申明。"

半月之后，李知州携带案卷，让向国栋等人一起来到省城长沙。他正欲向提抚陈布当面禀报案情，不料陈提抚对他说："皇上最近已就此案颁布诏令，待明日到庭当场宣读吧！"

第二天，由陈巡抚亲自主持的藩司会审开始了。向国栋、唐宗圣、尚朝先、李知州等人都到了庭内听候审理。

只见一位钦差大臣穿着紫黄长袍，由后门来到庭台前大声叫道："诸位肃静，现在宣读皇上诏令！"

众官员及打官司的双方人员均跪地听候颁旨。

那钦差大臣徐徐展开手中圣旨，遂朗声念道：

"查桑植宣慰司一案，因司政驰衰，土司失信于民，以致内乱不断，难以维持安民大局，兹经督抚两院访查，桑司百姓愿为天朝臣民。朕意照准所请，即日起在桑植实行改土归流，原土司向国栋着即交印去河南为庶民，唐宗圣、尚朝先等安插岳州为民。钦此！"

钦差大臣念完，向国栋顿时瘫倒在地，一时失去了知觉。经过众人按摩挽救，方才缓过神来。

　　李知州听罢诏令，一时也惊得目瞪口呆，到这时，他才知自己对此案已无能为力，于是只得长叹一声道："罢，罢，皇上下了诏，我回天无力也！"

　　而唐宗圣、尚朝先听了此诏后，却连连叩头道："感谢皇恩，吾皇神明！皇上万岁万岁万万岁！"

　　又过一月之后，向国栋交出所有印章户籍，按旨便率领全家数口，在一片悲恸的哭泣之中，告别桑司故乡，然后从两河口乘船，经澧水进洞庭下武昌，再缓缓向河南迁徙而去……

　　在桑植土司宣慰使被废除的同时，保靖宣慰司使彭御梆亦被朝廷以贪暴罪参革提勘。雍正五年，保靖土司改土归流，设立保靖县。雍正七年，彭御梆以罪被安置辽阳。

　　当永、保、桑土司改土归流之后，邻近的容美土司这时也已唇亡齿寒。因为朝廷此前已制定了在整个蛮夷之地实行改土归流的对策。提出这一策略的大臣是云南巡抚总督鄂尔泰。他在雍正四年的一份奏议中最先提出："欲安民必先制夷，欲制夷必改土归流，同时提出了改流之法：计擒为上，兵剿次之；令其自首为上，勒献次之。"雍正帝见此奏议，深以为然，乃下诏允准实行。从雍正四年至九年，全国绝大部分地区的土司，都先后改流。容美土司的改土归流，却拖延到雍正十二年才完成。其间的历程又经过了许多波折。先是湖广总督迈柱多次向皇上密奏，建议对容美土司改流"似宜从缓，俟将桑、保、永顺三处，设官分汛，布置委妥"后，再从容图之。皇上朱批："尔从缓之见是。"这样，容美土司得以多延缓了数年。当朝廷一旦完成对各土司的改流之

241

后，即采取恩威并用的手段，一面布兵进逼，一面派人晓谕，要田旻如进京去见皇上。同时，湖北按察使王柔、湖北巡抚马会伯、四川总督黄廷桂等大臣亦多次上奏，密报田旻如种种"不轨叛逆"行径，雍正帝见奏，更加生疑。田旻如见清兵入境相逼，乃召集众头目商议对策道："今皇上催我入京，而清兵又入境虎视眈眈，你们看，我该去不去拜见皇上？"

"不能去！"中营副将田安南抢先回道，"皇帝让你去，就是把你囚禁起来，这不等于送上门去死？"

"我若不去，落个抗旨罪名怎么办？"

"事到如今，只有背水一战！"千总向日芳又道，"你去也是死，不去也是死，还不如死战，或能有条生路。"

"对，就是死我们也不要屈服。"

田旻如之弟田畅如、田琰如等也纷纷表态。

"依我之见，主爷可去万全洞躲避一段时间，这中府由我等留守，清军来了，我们先应付一下，就说主爷不在。"千总史东东建议道："对皇上那里，可以再拟文借辞推延。"

"嗯，暂时也只有用这办法。"田旻如终于点了头。

于是，田畅如、田琰如、向日芳、刘昌、史东东等被留在中府坚守衙署，田旻如带着田安南、田祚南、袁起臣、向老高等人进了万全洞去据守。

如此安排妥当，田旻如乃执笔给皇上写了一份奏折，其文如下。

湖广容美等处军民宣慰使司宣慰使臣田旻如谨奏："为屈抑

242

难伸，吁天请命事。窃念臣受恩深重，粉骨难报，罄竹难书矣。夫以人非草木，受恩反存不良之心，自作非为者，此与禽兽何异哉！独是臣之冤苦万状，不鸣于知迁圣至之前，尚有何处可以伸诉耶？臣蒙恩宽宥，令其来京询问。臣具折后，即报明督臣，总以地方重务未竣臣之赴阙鸣冤已有日矣，孰料督臣于未参之前，已与恩施县知县钮正已合谋，声言即令彝陵镇臣冶大雄，调七营兵丁，由巴东而入进臣司，谣言恐吓，将臣之边地人民勾通星散，耳欲剿灭诸土，保钮正已为知府，改诸土为县议。俟臣起程后，令土民数十余户，尽勾阖司土民逃走。使臣进退无门一，实冤臣之罪。复恐事出怆惶，恐臣尚亦起程，泄漏事机，周布严密。臣因水荒不敢即行，所以具折垦假宽限，于四月初四发折，差官于初六日起程。臣于初五日，前往西北关内乌羊坪一带地方，因彼地俱系山田陆地，未经水淹，先将各户应纳秋粮征收后，臣安心赴京。当有数地头目禀称，暂宽数日，俟主回署，即来完纳等语。臣于初十日抵署，忽于十七日据边报，数地人民抗粮结党，携家带眷，并把官亲舍田文如，头目向玉，黑夜捆缚，尽行逃出，并杀死唐玉虎，覃文荣、金爪等情。据此，臣即差人于各地查实，方知尽被彝陵镇这红沙堡余把总，连夜差人接至乌羊关，于十五日将土民数十余户接出，仅除二十余户知情外，其余尽以刀枪威逼，男妇哭声震天而行。臣惟虑边员穷追，即发令差官示知，不许追赶，恐土人一入民地，则罪又在臣矣。此十月十五日事也。不料归州营参将于本月二十五日即至。窃思十五日土民起身，二十五日归州参将带兵八百，而至红沙堡，况乌羊关一河之隔，即川省塘汛，二十里即楚省红沙堡也。红沙去归州营有十余日路程，塘兵星夜飞报，亦系高山深涧，且而步行，非驿地可施驰骋，往来必须半月。参将闻讯即行，岂有十日之内，而仪仗八轿得兼往返，其迅速有若是乎？明系予先串通情节，必欲灭此容美而后已也。况臣原奉谕旨令臣入京询问，而督臣并不一语亦臣，仅令彝陵镇中营中军守备韩岳持文，将臣咨押交送刑部，将参稿密示钮正已，而钮正已复遍示各土司，以立威恐吓，且向土民扬言，臣拒关把口，高基吴逆王守在家，又诬有不机之时。嗟嗟！土民何知有此昧心之语？即以从前酉阳土司，为人诬为藏匿玉玺，川督参奏，恭皇上明烛幽隐，以必无其事而宥之。矧知迁如臣，当圣祖时颁降，转旨，以臣祖父，当吴逆变乱，掳诚效力为忠顺，臣安忍以祖父之勋，今日反为罪逆耶？总之，湖南各员，立意架词以相倾覆，即臣遍身皆口，冤亦难鸣，扪心自问，臣祖父三代，所属一品之爵禄，赐冠锡，不必遇论。即臣十一年来受皇上破格重恩，且累年来，人人参奏，皇上事事矜全，非但不罪，且叨寇渥，皇上何负于臣，而臣为此逆天悖理之事。今急迫无门，四路大兵塞经，必欲激动土蛮，以实臣悖逆之罪，不但事出万难，且令臣瞻天无日为此急切上陈，恳求皇上天恩，全臣微躯。倘一时土民无知，现今惊惶朝日，风鹤皆恐，臣虽百计安辑，而其民情终属孤疑，或于边方大路小径中，有一伤官兵汉民之处，则臣罪万死莫赎矣。为此急切旨罪待命之至，谨具奏以闻。"

　　奏折写毕，田旻如即派人火速送给朝廷。十数日后，得雍正帝亲自朱批曰："汝自侍卫圣祖，教养作成，高厚深恩，且不必多论。朕即位十余年来，保护恩眷汝者，实如兹父，料汝忍于悖逆，自取倾覆，必无此心，岂有此事。是以据督臣参奏，朕未准提问，特命来京，俾汝得自明心迹，而人亦无可指，实所以矜全汝之恩意。况叛逆之罪，岂诬捏而可成？悖乱之举，又岂可激而可作者？今据参汝条款，合之舆论，又非酉阳土司之可比。汝为种种可疑之端，而祈朕饬封疆不为意外之备，从古朝廷有此政治乎？汝但速听总督差送来京，则诸事皆虚后，不辩自明。朕自有一番办理。倘若怀疑观望，推诿迟挨纵情本可原，而亦成迹似顽抗。督抚职任封疆，倘以不敢为汝玩法奏请，则朕难于区处矣。至于汝来京，离容美地方后，倘或土民若有蠢动不法之举，则罪不在汝，必保汝之身命也。详细熟思之。恩谕。"

雍正十一年（1733 年）十一月初七日

田旻如读了这圣谕，知道这正是皇上的最后通牒。若再推诿不去势必落个抗违之罪。若遵旨去京，他又觉还不甘心。难道数百年世袭土司，就在他手中断送？若要反抗，又恐众寡悬殊，难抵清剿。思来想去，他没拿定主意。于是又召集众头目相商。这些头目大都害怕失去官职利益，特别是其弟田畅如、田琰如、千总向日芳及其子田祚南等，都主张软拖硬抗，欲和进犯清军决一雌雄。田旻如受众亲信怂恿，乃躲在万全洞内又计划凭险抵抗。

如此又过月余，在外围把守万全洞险关的石梁司长官张彤柱，忽然于雍正十一年十一月初三日发动叛乱，将司署内留守的田畅如、田琰如、向日芳、刘昌等头目全部捉拿软禁。接着，张彤率部将万全洞包围，然后派兵勇押着田旻如之妻和母亲下洞，劝令田旻如出洞赴京，将宣慰司印交给次子田祚南承袭。田旻如见民心生变，大势已去，乃被迫出洞交了司印，当日他被软禁在田畅如家，是夜自用绳索上吊自缢。

数日后，清军来到中府，张彤柱将司印拱手呈缴。不久，朝廷按皇上特批，将田旻如之亲眷及其弟田畅如、田琰如押解到了陕西安插。向日芳、田安南、史东东等头目押解到了广东极边地方分别安插。惟张彤柱投顺清廷有功，被蒙皇恩赏给千总职衔，支念俸薪。其余土司兵丁均予解散。容美司治地方，则改没为鹤峰州治所。湘鄂两省有名的永保桑容四大土司至此彻底完结，其余全国各地的土司，也在这一阶段大都被改土归流。唯有川东石柱土司因蒙祖上保朝廷有功，被延缓到乾隆二十六年，才改土司为流官。

大湘西及其周边各主要土司的传奇历史在此述完了，笔者最后借清人唐仁汇的一首小诗，并略作改动，权作此书的结尾：

> 回首土司霸业清，节衙空落古旌旄。
> 秋风城阙鸟飞散，夜月风高虎怒嚎。
> 破庙犹存新俎豆，沉沙难埋四方刀。
> 宫余千年传奇事，付与长河咽幕涛。